貞明皇后 その御歌と御詩の世界

―『貞明皇后御集』拝読―

西川泰彦

錦正社

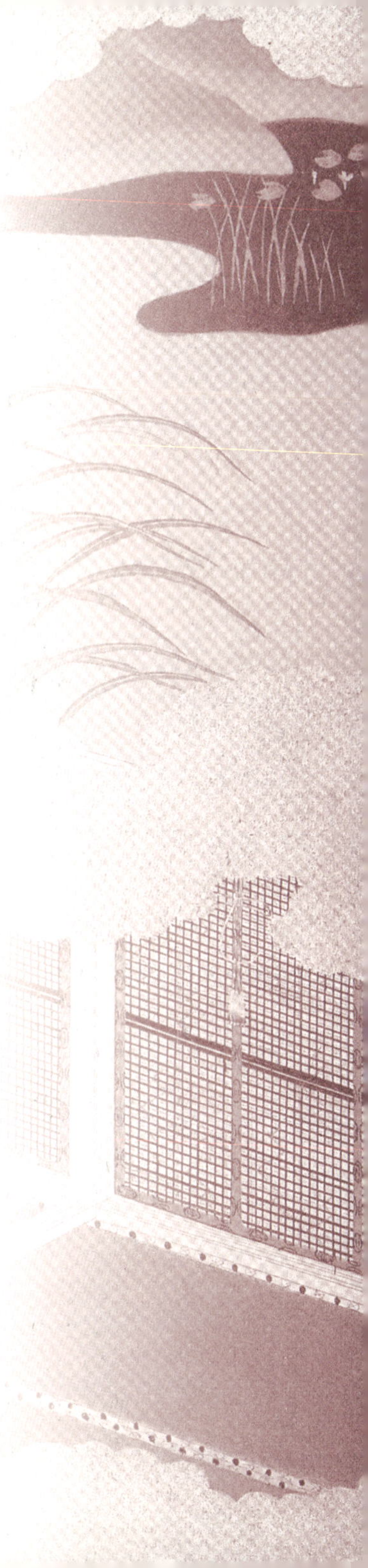

貞明皇后御眞影（大正五年七月五日撮影）
提供　宮内廳

あまりに美しくて、ただ美しい

富山縣護國神社宮司　栂野守雄

「風日社」は保田與重郎先生が興された歌會である。所縁あつて故郷富山にて神主になつた頃より、風日歌會の末席を汚し、保田先生に親炙してゐた私は、神職としての奉仕の一環として、及ばずながら先生の心に學び、豫てから「和歌」の實作を通じて、祖國の淳風美俗の護持繼承に微力を盡さうと念願してゐた。そして、富山縣護國神社の崇敬會員や職員にて「神通歌會」を結成、月例の歌會を催して何時の間にか六十回を超える迄になつた。

この「神通歌會」の發足當初から講師として嚴しい指導に當つて呉れてゐるのが我が畏友西川泰彦君である。同君は普段は〝百姓見習ひ〟をしてゐるらしいが、當神社の遺芳館の研究員としても種々の調査研究を續ける傍ら、昨年は『天地十分春風吹き滿つ―大正天皇御製詩拝読』を上梓、世に知られる事餘りにも少ない、大正天皇の御製詩を廣く滿天下に明らかにしたのである。其の功に依り西川君は平成十八年度の神道文化賞受賞の榮譽を擔つたのであるが、彼は前著編纂の折、大正天皇の御后であられた貞明皇后の御歌、御詩に就いても深く研究する處があつた。

今年の年初であつたらうか、大部に亙る貞明皇后の御歌、御詩の謹註、謹解の原稿を示されて正直言つて私は驚いた。そして讀み進む程に此の原稿も亦この儘埋れさすのは餘りにも惜しいと言ふべき力作である事を知るに到つたのである。就中、殆ど世に知られてゐない貞明皇后の御詩（漢詩）の謹註、謹解は眞に劃期的と言ふも過言ではなからう。

ある高名な侍従が、はじめて宮仕へしたころ、時の天子さまの仰せで、皇后さまへお使ひにゆき、お返しのことばを承つたところ、そのおことばがあまりに美しくて、ただ美しい調子にぼんやりとききほれてゐたばかりで、復奏の方法なく困つたと語られたことをきいた。貞明皇后さまのお話である。

とは、本年九月に刊行された『風日志』に再録されてゐる保田與重郎先生の「歌」と言ふ文の一節である。これは國民として、正に沁々とした心の安らぎを覚えるお話である。

本書の序文を西川君より依頼を受けた時、その任にあらずと固辭した處、彼曰く「保田先生のあの一節、あれを引用した一文が是が非でも欲しいのだ。その任はお前を措いて誰が居るか。」と。――さうだ。西川君の貞明皇后の御歌、御詩の謹註、謹解の原稿を讀んだ時に抱いた思ひは「そのおことばがあまりに美しくて、ただ美しい」、これではなかつたか。

此の『貞明皇后　その御歌と御詩の世界―「貞明皇后御集」拝読』は前著同様單なる註釋、解說の書ではない。正に「謹註釋、謹解說」、至誠の書である。であるが故に、尊きを敬ひ、美しきを稱へる、そんな素直な心をあらためて覺えさせて呉れる書である。これこそ私が廣く世の人々に本書を推薦する所以に他ならない。

平成十九年富山縣護國神社秋季例大祭を終へて識す

目次

御歌集

大正の御代

昭和の御代

御詩集

明治四十五年

大正二年

大正三年

凡　例

一、本書は貞明皇后の御歌《おんうた》（和歌）と御詩《おんし》（漢詩）とを拝読し、以て、貞明皇后の御坤徳《ごこんとく》を仰ぎ奉ることを目的とする書である。

一、言はずもがなのことではあるが、貞明皇后の殊に御詩にあつては大正天皇の御製詩と関はること甚だ多く、従つて本書では其の説明を筆者の前著『天地十分春風吹き満つ――大正天皇御製詩拝読』の参考欄に頼つた箇所が多々有る。依つて是非『天地十分春風吹き満つ――大正天皇御製詩拝読』を傍に備へて本書を御読み頂きたく、御願ひ申し上げる。

一、本書編纂に当つては、昭和三十五年五・六月宮内庁書陵部編成の『貞明皇后御集』を底本とした。なほ、御歌に関しては『貞明皇后御歌集』（全国敬神婦人連合会企画、主婦の友社昭和六十三年十月発行）を参考とし、又、御詩の訓読には『貞明皇后御詩集』（研志堂漢学会木部圭志、平成元年発行、非売品）を参考としたが、「御歌集」にあつては仮名遣ひ等が、「御詩集」にあつては訓読法が、必ずしも両書と一致する訳ではない。なほ特に、本書と主婦の友社版『貞明皇后御歌集』との御歌の仮名遣ひ等の相違に就いては凡例の末尾に一項を立てておいた。

一、宮内省刊刻の『大正天皇御集』には本文のみならず「目次」からして、天皇陛下、御陵等に対し奉る、闕字《けつじ》、擡頭《たいとう》の礼が守られてゐるが、宮内庁書陵部編成の『貞明皇后御集』にはそれが為されてゐない。拙著は普及の趣旨に依り、前著『天地十分春風吹き満つ―大正天皇御製詩拝読』同様恐れ乍らその礼を採らなかつた。

一、漢字、仮名、仮名遣、振り仮名に就いて。

「御歌集」の漢字はおほむね新字体とする。万葉仮名、変体仮名は平仮名に改めた。又、宮内庁書陵部編成の『貞明皇后御歌集』には濁点は付されてゐないが筆者にて適宜補つた。「御詩集」では宮内庁書陵部編成の『貞明皇后御詩集』は白文のみで、漢字はごく一部を除き旧字が用ゐられてゐる。本書では白文は旧字体とする。其の他の箇所は引用文も含めておほむね新字体とする。

「御歌集」「御詩集」共に仮名遣は歴史的仮名遣。但し、引用文等には其処に用ゐられてゐる仮名遣に従つた。振り仮名は特にことわりが無い箇所は筆者が付したものである。

一、踊り字に関して。

書陵部編成の「御歌集」には踊り字が頻用されてゐる。一例を挙げれば二首目の御歌は、

年ながくゝすしのわざをゝしへつる……

の如くである。併し、漢字を用ゐるとすれば「ながく薬師の」「わざを教へ」であらう箇所を貞明皇后が果して踊り字を用ゐて表記し給ひしや否や不明である。筆者には御集編成に当り御

歌をなるべく一行に書き納めんとして踊り字を頻用したるにやと思はれるが、少なからぬ御歌が二行に亙つてゐる。特に「〳〵」の用法に於てその傾向が顕著である。依つて本書では御歌には踊り字は用ゐないこととした。但し、他の史資料類よりの引用の御歌はこの限りではない。

一、紀年には元号、皇紀を用ゐ、外国の事には西暦も併用した。

一、「御歌集」には若干の「註」を、「御詩集」には「語釈」「意訳」「参考」を付したが、「御歌集」に見える団体名、人名等に就いては後掲の史資料類に見えないものには註を付し得なかつた憾みが遺る。

一、史資料類は巻末に掲載した。

※崩し字を読み解くのは中々難しい。宮内庁書陵部編成の『貞明皇后御歌集』は素晴らしい達筆であり、何よりも、御歌には字余りは多くは見られず区切りが明瞭である。区切りがはつきりせず、癖字、自己流の崩し字も多い古文書類とは比較にもならぬ読み易さである。とは言へ、筆者にとつては矢張読み解くのは中々難しかつた。

昭和十八年の御歌に、

なにごとかいふたび毎にをとめ子はこたへにかへてわらひごゑたつ

がある。この御歌は主婦の友社版『貞明皇后御歌集』（昭和六十三年発行）にも右のやうに載つ

てゐる。ところが同社が昭和四十六年に発行した御伝記『貞明皇后』に載る御歌の抜粋には同じ御歌が、

なにごとかいふたび毎にをとめ子はこたつかかへてわらひごゑたつ

とある。これは単なる誤植ではなく、察するに「こたへ」の「へ」は「部」の旁から出来た仮名であるが、これを「州・川」の草書体からの仮名である「つ」と読み誤る等が重なつたのであらう。それに気付いたので、後年「御歌集」出版の際に改められたものではなからうかと推測される。

確かに酷似してゐる。活字の「へ」「つ」はただ其の一字だけでも明瞭に識別し得るが、手書きで崩し字の此の一字だけを読めと言はれたならそれが如何に流麗な達筆であつても筆者には区別がつかない。ただ和歌は定型詩であり、然も貞明皇后の御歌は破調が少なく、前後の脈絡も捉へ易いので筆者にも辛うじて読む事が出来たのである。

今回の拝読に当り主婦の友社版『貞明皇后御歌集』も精読させて頂いたが、これに失礼ながら読み誤りにあらずや、と思はれる箇所が若干見受けられた。或は筆者の方が読み誤つてゐるのかもしれない。「御歌」が誤り伝へられるのは真に憚られる事である。念の為左に掲げるので忌憚なき御批正を乞ふ。なほ、特に大正十二年の「猪」、同十三年の「忙」に就いては本文の註を御参照願ひたい。

年次	御題又は初句	第何句　筆者の読み	主婦の友社版（誤読か）
明四十二	桜の一枝	第五句　かぬ（奴）る	かね（祢）る
大十一	平らかにみ船はつきぬと	第三句　いふ	いう
大十二	猪	第四句　さつを	さへを
同	「天長節云々」の詞書	かゝげける	かかげる
大十三	忙	第二句　文	父
同	喜	第五句　命のばへむ	命のはづむ
同	赤十字社	第五句　たら（多良）なむ	たた（多ゝ）なむ
昭四	雨中苗代	第一句　しめはへて	しめはつて
同	身	第四句　安し	安く
昭十七	朝鶯	第五句　こゑ（衛）	こえ
同	野菊	第二句　花	春
昭二十一	網	第一句　三十ま（間）り	三十よ（与）り

貞明皇后御略伝

貞明皇后は明治十七年六月二十五日、時の掌典長九條道孝公の四女として東京神田錦町にて御誕生あらせられ御名は節子《さだこ》。御生母は野間幾子と申し上げる。

九條家は五摂家（近衛家、鷹司家、九條家、二條家、一條家）の一つにて皇室とは古来殊に縁深く、孝明天皇の皇后にあらせられた英照皇太后は節子姫の御叔母君に当られる。

「九條家の家法として育児の法は都下にては柔弱に流れ易きとて皆都外田舎に養育を命ぜらるゝ成規とかや承るそは男女に係らず生れ落つると共に農家に預ける慣ひ」（『教育亀鑑・松間鶴・九條家息女節子姫御伝記』）に従ひ生後七日目にして東京府多摩郡高円寺村（現東京都杉並区高円寺－中央線中野駅の辺り）の豪農大河原家に養育が託され、当主金蔵の妻ていが乳母となつた。其処で五年間に亙り武蔵野の自然の中にて元気一杯にお育ちになつた。「後年、御所内で田や畑をおつくりになり、養蚕を遊ばし、養鶏や山羊の飼育をなさったり、下情にも御精通になり、極めて御質素なお暮らしぶりであらせられた原因の一つは、この辺にあったものと拝察される」（『今上陛下と母宮貞明皇后』）。

明治二十一年十一月九條家にお帰りになり、翌年四月華族女学校小学部御入学、次いで中学部に御在学中の同三十二年七月（御年十六歳）東宮妃に内定。華族女学校を御退学。御退学後九條家にては自邸に華族女学校の教員をお招きになり、節子姫は仏語、外国地理歴史、音楽、国語、漢文、習字を学ばれ、その上、宮中の儀式も習はせられたのである（『大正天皇御治世史』）。香淳皇后におかせられても大正七年、東宮妃に冊立の御予定に当り、学習院女学部中等科を御退学、久邇宮家では邸内に御学問所を新設、学習院と同等の学科は素より、それ以外の諸学も御修学遊ばされた。

なほ、大河原家では東宮妃に内定の時、恐れ多いとして幼時御使用の品々を九條家に返納、お返し出来ないやうな物は浄火にて焼いてしまつた。佐々木信綱『謹解本』に依れば、この後に大河原ていに「ものごころ知らぬほどより育てつる人のめぐみは忘れざりけり」の御歌を賜りたる由。主婦の友社版『貞明皇后』にはその折の御歌として「むげにをさなかりしほど住みける里のことども思ひ出でて」の詞書にて「昔わがすみける里の垣根には菊や咲くらむ栗や笑むらん」と前記の一首、合せて二首を色紙に認めて贈られた、とある。昭和二十三年十月十九日、杉並の農林省養蚕試験場に行啓の途次、大河原家にお立ち寄り遊ばされた貞明皇后は大河原家の仏前にて今は亡き金蔵、てい夫妻の霊前に合掌礼拝なされたのである。

明治三十三年五月十日御成婚。翌三十四年四月二十九日迪宮裕仁親王（昭和天皇）、同三十五年六月二十五日淳宮雍仁親王（秩父宮）、同三十八年一月三日光宮宣仁親王（高松宮）、大正四年十二月二日澄宮崇仁親王（三笠宮）御誕生。

明治四十五年七月三十日明治天皇崩御、皇太子践祚し給ひ節子妃は皇后となられ、元号は「大正」

と改められた。

皇后は大正三年には宮中紅葉山にて養蚕を始められ、其の後には救癩事業にも御心を寄せられ、更に大正十二年五月観音崎灯台に行啓、灯台守が家族共々困難に耐へて努めてゐる事に思ひを致され、灯台職員の互助機関「燈光会」を通じて御内帑金を下賜、慰撫激励なされた。これ等養蚕、救癩、燈光会への御関心は折々の御歌にも度々お詠み遊ばすところであり、世に「貞明皇后の三大御業績」と称へられてゐる。

なほ、貞明皇后の御事績で忘るべからざるは、その「神ながらの道」への真摯なる御究明である。『今上陛下と母宮貞明皇后』の中に著者筧素彦氏は記してゐる。

貞明皇后さまは、かねてから大乗仏教の正信を御研修になり、仏の信仰をお持ちになったばかりか、キリスト教をも御尊信になり、更にはまた儒教にも御心をお寄せになった。これらの総てにその本質として含まれながら、然も、これらのいずれにも超越する神ながらの信仰を日本人の立場に於て求めようとなさって、大正十三年二月から五月にかけて、私の父である東京帝国大学法学部教授筧克彦から、前後八回に亘って、当時御滞在中の沼津御用邸において進講を聴こしめされた。そして神ながらの道は、これら諸教を排斥するどころか、むしろ歓迎するものであることにいよいよ確信を持たれるに至った。そこで、この神ながらの道の普及徹底こそ、わが国将来のため欠くべからざるものと思し召されて、御進講速記を御自身の御発意により、刊行頒布されたのであった。

この「神ながらの道」を普及徹底し、又、之を通じて、女性の覚醒と言ふ事にお心を尽さんとの思召しもお持ちであつたが、皇太后となられてからは、断念された、と全国敬神婦人会企画、主婦の友社版『貞明皇后御歌集』の筧素彦氏の「貞明皇后の御歌について」なる文中に見える。

貞明皇后の御歌集には『貞明皇后御集』の「御歌集」の部のほかに、御集と一部重複するが宮内庁書陵部には同部昭和三十一年四月編成の『筧克彦所蔵　貞明皇后御歌』（未公刊）が在り、これには同年三月筧克彦の許にて採蒐された御歌二百二十三首が収められてゐる。又、『貞明皇后神祇御歌集』なる歌集も有る由で、前記、全国敬神婦人会の企画になる『貞明皇后御歌集』の中に之と略同一であらう処の御歌百六十七首が収載されてゐる。それ等の中に見える次の一首は前記筧素彦氏の一文を証する御歌であらう。

きりすとも釈迦も孔子もゐやまひてをろがむ神の道ぞたふとき

さて、天皇は時に御健康すぐれ給はず、特に九年頃より病状重らせ給ふやうに拝されたが、皇后は常に看護に献身なされた。十年十一月二十五日皇太子が摂政に御就任。天皇は十五年十二月二十五日崩御遊ばされた。

天皇の御病状は特に大正十五年一月より宮内省より御体温等を始めお食事内容も随時発表されたが、崩御直前十二月二十四日の御食事は『大正天皇御治世史』に次のやうに記録されてゐる。

牛乳　　二五〇立方センチメートル（以下同じ）
肉汁　　五〇
裏漉野菜汁　　五〇
卵黄　　二個
其他

又同日午後二時の御病状は二十五分後に宮内省より

御体温三九・二　御脈拍一四四　御呼吸四八

と発表され、又一時間毎に御病状は発表され、最後は二十五日午前一時の御病状として三十分後に宮内省より、

御体温四一・〇　御脈算し難し　御呼吸五二

御病勢益々御増進遊ばさる、御危険に迫らるゝの御症状と拝し奉る。

と発表された。そして『大正天皇御治世史』には崩御の御時も記録されてゐる。

斯くの如くして、聖上陛下には、皇后陛下、摂政宮殿下を始め奉り、各皇族殿下の御手厚き御看護も、医術の精粋を尽せる侍医御用掛の御手当も、さては七千万赤子の赤誠をこめた熱禱《ねったう》も、

遂に御病勢を回《かへ》し奉るに由なく、午前一時二十五分に、畏くも御登遐《ごとうか》（筆者註―崩御）あらせられたのであつた。嗚呼。

これを拝読しつつ筆者は昭和の御代のをはりの日の事も思はれて、涙無きを禁じ得なかつたのである。

大正天皇と貞明皇后とは、御仲極めて睦まじくおはし、又、天皇の御不例の際には、皇后におかせられてはその御看護に誠心誠意お尽くし遊ばしてましましたとは、諸書の一致して書き記す処であるが、その一端も『大正天皇御治世史』に拝し奉らう。

先帝陛下（筆者註―大正天皇）には、十月二十七日頃より御体温高く、御睡眠勝ちにて、御食気減少、十二月八日には右御胸に気管枝《ママ》肺炎の御症状さへ拝し奉つたので、御本殿（筆者註―葉山御用邸内の御静養室が余りにも手狭の為、増築が急がれてゐたが、間に合はなかつた）へ御移転の儀なく、爾後御病勢は一進一退、十七、十八日頃に至りて御急変、重態に陥らせられた。御痛はしくも、皇太后陛下（筆者註―貞明皇后）には此の長日の間、殆ど寸時の御慰みもあらせられず、三度の御食事もほんの御箸をお取りになられるのみで、畏くも早朝より深更までひたすら、御病床近く常侍遊ばされて御心の限りを御傾け給ひ、殊に御急変後は御親ら、先帝陛下の御胸、御額のあたりを幾度か純白のガーゼに氷を浸して御冷やしになり、天顔を絶えず御のぞき遊ばされて、御眉一つの御動きにも御心をくだき給ひし云々。そして、崩御後も、誠心誠意の御姿勢は不変であられた。此処は『今上陛下と母宮貞明皇后』の中に拝し奉らう。

大正天皇崩御によって皇太后となられてからは、大和絵に堪能な入江爲守皇太后宮大夫に先帝さまのお姿をおかかせになって、これを御殿の一室に奉齋され、毎日の定例のお供えのほか、珍しい献上品などはすべてお供えになって、一日といえどもお祭りを怠らせられず、あたかも先帝がおいでになるかのように、大事なことはすべて御奉告になって、長い時間をここでお過ごしになるのであった。それは毎日十時半から一時間あまりで、人とお会いになるのはそれがおすみになってからであった。夕方も五時から一時間ほどをお勤めになった。この大正天皇の御画像は、これを先帝さまの御霊代（みたましろ）として御奉齋になり、私共はこれを「御影《みえい》さん」と申し上げていた。

大正天皇崩御なされ、皇后は皇太后となられたが、それからは出過ぎぬやう心掛けられ、世の人々に関はる事は略前記の「貞明皇后の三大御業績」に限定された由である。
「養蚕」に関する御歌も『御集』に数多拝するところであるが、昭和二十二年には、大日本蚕糸会の総裁に御就任。そして埼玉、群馬、山梨、長野、福島、山形、岩手、宮城、神奈川、静岡の各県や都内に行啓、養蚕業の御視察、御激励をなされた。

灯台職員への慰撫激励は前述の如くであるが、昭和十六年に三浦半島の剣崎灯台に行啓、戦後も二十二年に石廊崎の断崖にお立ち遊ばしてその労苦を偲ばれた日もあつた。なほ、「御歌集」昭和十一年の部の御歌「灯台守」の註記にある「御下賜のラヂオ」の話も忘れられない佳話である。

救癩事業に関しても『今上陛下と母宮貞明皇后』より御紹介したい。

かつて大正十一年頃の経済界不況で一般に財政緊縮が実施され、内廷経費を節約することとなった。しかし、奥向き（内廷）の経費に就ては何も手は付けられなかった。が、大宮さまは逸早く御日常の衣食を御節約になり、その冗費を貯蓄された。その額が百万円を超えたので、先帝の御追善と昭憲皇太后の御遺志の御継承のために、これを救癩に御使用になった。その時から救癩のための御尽力が始まったのである。

このやうな御仁慈の露に浴した癩者は心から、皇室、就中貞明皇后の御心に感謝の念を捧げてゐたのである。前掲書より癩を病む歌人明石海人の歌二首を御紹介しておかう。

そのかみの悲田施薬のおん后《きさき》今おはすがにをろがみまつる

みめぐみはいはまくもかしこ日の本のライ者と生れてわれ悔ゆるなし

戦後、沼津御用邸の焼跡に片付けの勤労奉仕に参上してゐた女学生達と御一緒に薩摩芋をお作りになられたり、行啓等の折には関係者のみならず、奉迎の人々の中に居る幼児にもお優しくお声をお掛けになられたのである。

斯くの如く、その御生涯に亙り、東宮妃殿下として、国母陛下として、又、皇太后陛下として自づからなる国民の尊敬と仰慕を受けさせ給ひし貞明皇后は、昭和二十六年五月十七日、青山御所に清掃の御奉仕に参入してゐた愛知県西尾町遺族会の人達に御会釈賜るべく御準備中の時、狭心症にてお倒れになり急逝、崩御なされたのである。御齢数へ六十八歳にましました。

六月七日御追号を「貞明皇后」と勅定されたる旨宮内庁より発表された。出典は「日月之道ハ貞《ただ》(正)シクシテ明《あきら》カ」(「周易」)である。大喪儀は六月二十二日豊島岡にて執行され、その折時の内閣総理大臣吉田茂は至誠溢るる弔詞を奏上申し上げた。その弔詞を主婦の友社刊『貞明皇后』(昭和四十六年第三版)より左に掲げさせて頂かう。但し、筆者がルビを補ひ、濁点を付し、括弧内に註を記した。

内閣総理大臣正三位勲一等吉田茂謹みて
貞明皇后の御前に白《まを》す。
伏して惟《おもん》みるに、
皇后は五摂の家に生まれたまひ、夙に東宮に配して、克《よ》く孝克く順、位を后宮に正さるるや、惟れ貞惟れ静、皇子を薫陶して範を教育に垂れ、蚕室に親臨して意を婦功に用ゐたまふ、中外内助を称へ、天下母儀を仰ぐ、先帝の不予《ふよ》(天皇、貴人の御病気)身心を看護に労せられ、崩御の後は西宮《せいきゅう》（離宮）に深居して神霊に事《つか》へたまふこと廿五年一日の如し、聡明能く下情を察し、仁慈博く窮民に及ぶ、用を省きて灯台守を労《いたは》り、資を賜ひて癩患者を済《すく》ひ、孤独憂愁の人をして普く光明に浴せしめたまふ、上下斉《ひと》しく感激し、福寿の無量ならむことを祈りまつりしに、旻天弔《びんてんあはれ》まず（天は愍まず）、俄に大故《たいこ》（大喪）に遭ふ、日月光を失ひ山河憂を含み、億兆哀痛措く所を知るなし、今葬場殿に至り、霊柩に咫尺して進謁の再し難きを悲み、追慕の極りなきを傷む、茂国民に代り恭しく敬悼の誠を捧げたてまつる。

大正天皇多摩陵の御隣、多摩東陵に神鎮り給ふのであります。

付記　貞明皇后の御歌と御詩に就いて

本書は特に、貞明皇后の御歌と御詩との拝読を通じて、その御坤徳を仰ぎ奉らんとする事が眼目であります。そこで特に「御略伝」に御歌と御詩とに就き一筆書き加へておきます。

御歴代の皇后宮と同様に、貞明皇后も多くの御歌をお詠み遊ばしました。『貞明皇后御集』の「御歌集」の部に採録されてゐますのは短歌千百七十四首と「長歌」一首でありますが、「貞明皇后御集」第二次稿本（一）の御歌の部には一三、〇〇四首収録されてをり、これは第一次稿本の一三、〇〇五首の後、重複の分を減らされてのものであります。（主婦の友社刊の『貞明皇后御歌集』には、判明してゐるだけでも、貞明皇后は御生涯に一万三千余首の御歌をお詠み遊ばしたとある。）

では御詩に就いてはどうでせうか。『天地十分春風吹き満つ―大正天皇御製詩拝読』の巻末にも記しておきましたが、実は大正の御代の両陛下は御揃ひにて御製詩、御詩の作品数が御歴代随一にあらせられるのであります。

御歴代の天皇の殆どは御製（和歌）は詠み給ひました。併し、御製詩（漢詩）を詠み給うた天皇は至つて少なく、大正天皇の御製詩一千三百六十七首は正に突出した数であります。女性天皇としては孝謙天皇の御製詩が一首拝されるのみであります。そして、皇后にして御詩を詠まれた御方は、少なくとも記録に残るのは貞明皇后ただお一人にまします。

『貞明皇后御集』の「御詩集」の部に採録されてゐますのは七十一首に過ぎませんが、後述しますやうに稿本には二百三首の御詩が記録されてをります。

御歌は素よりでありますが、特にこの史上稀有とも申すべき貞明皇后の御詩の数々を是非拝読、玩味して頂きたく願ふものであります。

『貞明皇后御集』と其の関連の事柄

(一) 『貞明皇后御集』概観

貞明皇后は昭和二十六年五月十七日崩御し給ひ、御齢数へ六十八歳であられた。その後勅旨を奉じて宮内庁書陵部の手に依り『貞明皇后御集』が編纂されたが、その奥書には「御歌（和歌）集」にあつては「昭和二十六年九月六日奉旨、昭和三十五年五月編成、宮内庁書陵部」とあり、「御詩（漢詩）集」にあつては「昭和二十六年九月六日奉旨、昭和三十五年六月編成、宮内庁書陵部」と記されてゐる。筆者が宮内庁書陵部にて閲覧した『貞明皇后御集』は素より奉呈本其の物ではないが、内容は同一であらう。その『貞明皇后御集』は御歌集（和歌）上下二冊（収録数短歌千百七十四首、「長歌」一首）、御詩集（漢詩）全一冊（収録数七十一首）の計三冊から成つてをり、宮内庁書陵部の索引カードに依ればその校訂及び撰の栄えある大任を担つたのは御歌集にあつては尾上柴舟、鳥野幸次、御詩集にあつては加藤虎之亮、木下彪の各氏であり、更に、清書者は仲田幹一、図案は小杉一雄の各氏である由。編成を終へられたのは昭和三十五年五、六月であるが、完成して御前に奉呈され、後述のやうに其の後勅許を得て臣下に頒布されたのは年を越えた昭和三十六年であらうと思はれる。

なほ、『大正天皇御製詩集謹解』（木下彪著）に依れば『大正天皇御集』にあつては「奉呈本」の他に「其の餘は日を越えて勅許を得、一部の範囲に頒布せられた」由である。『貞明皇后御集』にあつては木下彪氏の『謹解』に相当するやうな出版はみられず、「奉呈本」の他に「頒布せられた」か否か書かれたものは管見では見当たらない。併し、筆者が宮内庁書陵部にて閲覧した『貞明皇后御集』と同様の三冊、帙入、和綴の『貞明皇后御集』が富山県立図書館に所蔵されてをり、それには「寄贈」「富山県立図書館蔵書・昭和36年6月14日」のゴム判が捺されてゐる。富山県立図書館の記録に依れば同図書館所蔵の『貞明皇后御集』は宮内庁より寄贈を受けたものである由。なほ、電網検索に依ればその内容から推して同様と推察される『貞明皇后御集』は他の図書館にも所蔵されてゐる。此等の点から推測すると、『大正天皇御集』の場合と同様に『貞明皇后御集』も亦「其の餘は日を越えて勅許を得、一部の範囲に頒布せられた」ものと思はれる。但し、「同様に」とは「国民にも」の意味の「同様に」であり「一部の範囲」には『大正天皇御集』の場合とは相違が見られる。即ち、『大正天皇御集』は富山県立図書館には所蔵されてをらず、その寄贈の記録は無い由である。

以下、「御歌集」「御詩集」に分ち其の内容を概観しておかう。

御歌集の部

『貞明皇后御歌集』の題簽を揮毫し給ひしは高松宮宣仁親王殿下である。その「上」には明治三十五年より大正十五年迄（含大正年次不詳）の御歌五百三十二首、「下」には昭和三年より同二十六年迄（含昭和年次不詳）の御歌（短歌）六百四十二首並びに、女子学習院に賜りたる三章に亙る七五調の長歌（和歌の歌体の一つである「長歌」ではないが、「編・章の長い詩歌」―日本国語大辞典）が謹載されてゐる。そして、行書、草書、変体仮名を駆使した流麗な達筆である。「註」は昭和六年の御歌「机」の後に「実は吸入器御使用云々」と付されてゐる一箇所のみで、他の御歌には見られない。

なほ、上下二冊に分けられてゐるとは言へ、高松宮宣仁親王殿下御揮毫の扉が有るのは「上」のみであり、又、「昭和二十六年九月六日奉旨、昭和三十五年五月編成、宮内庁書陵部」の奥書は「下」にしか見られない。即ち、上下二冊を合せて「一巻」と見られるやうな体裁とされてゐる。

本書の「御歌集」の部編纂に当つては此の宮内庁書陵部編成の『貞明皇后御歌集』を底本とした。

御詩集の部

『貞明皇后御詩集』の題簽を揮毫し給ひしは三笠宮崇仁親王殿下である。明治四十年より大正三年に至る間の御作七十一首が謹載されてゐる。そして、その全てが七言絶句である。如何にも謹厳な感じの細字の楷書が用ゐられてゐる。訓読は付されてをらず、白文のみである。

本書の「御詩集」の部編纂に当つては此の宮内庁書陵部編成の『貞明皇后御詩集』を底本とした。

㈡　御集の稿本に就いて

稿本に就いて若干解説しておかう。作成年代の早いと思はれる稿本の順に記す。これ等は全て宮内庁書陵部蔵であり、以下に記すのはその索引カードに準拠するものである。

①「貞明皇后御集」第一次稿本。三冊。昭和二十七年四月。

上巻（三百六十九頁）中巻（三百九十一頁）共に全て御歌。下巻四百十一頁の中、三百八十二頁迄が御歌、三百八十三頁より「附」として四百十一頁迄御詩二百三首が記され、その中に七言律詩が二首含まれてゐる。管見によれば、この二百三首以外にはお見受け出来ず、貞明皇后は御生涯に少なくとも是だけの漢詩をお詠み遊ばしたことは確実である。なほ、和歌にあつては御生涯に一万三千余首詠み給ひしことは前述の通りである。

②「貞明皇后御集」撰者添削第一次稿本。七冊。昭和二十七年四月。

六冊が御歌集、一冊が御詩集。

御歌集の部には鳥野幸次、尾上柴舟添削とあり括弧して自筆とある。

御詩集の部には加藤虎之亮添削とあり括弧して自筆とある。前記の「附」として載せられた二百三首の中の御集に採録の七十一首に〇印を附け、四百十一頁目の後に添削部分を抜き書きした加藤虎之亮の自筆原稿が付け足されてゐる。

③「貞明皇后御集」撰者添削第二次稿本。三冊。昭和三十四年。

三冊の中「一」「二」が御歌、「三」が御詩。「一」「二」は「鳥野幸次、尾上柴舟撰」とあり、「三」は「加藤虎之亮、木下彪撰、添削」とあり、それに赤色のペン書きにて撰者に依る添削が施されてゐる。重複を除き一三、〇〇四首収録。

なほ、此の撰者添削第二次稿本の「三」の冒頭の頁には「本集は元宮内省御用掛加藤博士及び同御用掛木下周南両先生の補正を経たるものなり／昭和廿九年十月九日／書陵部」とある。

④「貞明皇后御集」確定稿。二冊。昭和三十四年。

確定稿一が御歌、同二が御詩。「一」には「鳥野幸次、尾上柴舟撰」、「二」には「加藤虎之亮、木下彪撰」とあり、若干の箇所に赤色のペン書き訂正が書き込まれてゐる。

⑤「貞明皇后御集」第二次稿本。三冊。昭和三十四年。

三冊の中の二冊が御歌集。尾上柴舟、鳥野幸次撰。一冊が御詩集。加藤虎之亮、木下彪撰。

訂正の朱筆は見られない。

御直筆のノート類に就いて

前記稿本①の凡例に依れば、「編纂資料は次の四種に限定した」として、

1、御筆と拝される御草稿洋装ノート　十一冊
2、御筆と拝される御清書和綴和罫紙　五冊
3、御添削用として御歌所に提出された折紙類　四十二括一箱
4、清書と思はれる帖類　十括

が挙げられてゐる。

本書の凡例の末尾にも記したやうに、書陵部編成の『御集・御歌集の部』の崩し字、主婦の友社版の『御歌集』の疑問点の確認、解明の為にも、御直筆のノート類の披見をお願ひしたい処であったが、書陵部の索引カードに載せられてゐるのは「稿本」の段階からの資料のみであり、それ以前の「御直筆」の資料類は書陵部には所蔵されてはゐない由である。

(三)　貞明皇后の御歌竝に御詩に関する国民の知識

貞明皇后の御歌、御詩、御伝記等の本に依拠して、本項に就き以下に考察を加へよう。

貞明皇后の御歌の本

『貞明皇后御歌集』（全国敬神婦人連合会企画、主婦の友社編・発行。編者の個人名無し、昭和六

十三年）
貞明皇后の御歌集として『貞明皇后御集』に載る御歌全てを収載して公刊をみてゐるのは此の全国敬神婦人連合会企画の『貞明皇后御歌集』のみであると思はれる（これには収載の御歌・短歌は千百七十三首とあるが、筆者が数へた処では千百七十四首である）。この本には『貞明皇后御集』に載る御歌以外にも「神ながらの道」に関連する御歌百六十七首が載せられてゐるが、その御歌は後述の『大正の皇后宮御歌謹釈』の第二巻楓の巻、第三巻萩の巻に載る御歌と略同一である。なほ、本書に依れば、『敬神婦人必携第一輯・貞明皇后神祇御歌集』なる歌集並びに『神ながらの道』なる七百頁近い大冊も刊行されてゐる由であるが筆者は未見である。付言すれば、本書は「御歌集」なるがゆゑか御詩に就いては全く触れられてゐない。

なほ未公刊ながら昭和三十一年四月に宮内庁書陵部の手に依り『筧克彦所蔵　貞明皇后御歌』が編成されてゐることは既述の通りである。

貞明皇后の御歌の謹解本

『貞明皇后御歌謹解』（佐々木信綱謹註、第二書房刊、昭和二十六年）

御歌百四十二首を新年、四季、雑の排列にて載せ、全てに著者の謹解を付す。『御集』には見えない御歌も多い。一例を挙げれば『御集』冒頭の御歌は明治三十五年御会始の御歌「梅の花かぞふばかりも」であるが、この『謹解』には同じ明治三十五年御会始の御歌ながら「あたらしき年のほぎごといひかはす袖にもかをる梅のはつ花」が載せられてゐる。四季、雑の御歌の殆どは、貞明皇后が昭和五年より催された由の長秋舎歌会にて詠み給うた御歌である。又、本書が底本とした『貞明皇后御集』の詩句や漢字、仮名の使ひ分けと、この「謹解本」のそれとに若干の相違の見られる点もあるが、それを指摘する事は本書の目的ではないので、この「謹解本」引用の際の必要最小限に止めた。

『大正の皇后宮御歌謹釈』（筧克彦著、筧泰彦編、筧克彦博士著作刊行会発行、昭和三十六年）御歌二百四十九首を第一巻藤の巻、第二巻楓の巻、第三巻萩の巻の三部に分けて第一、二巻には謹釈を付す。『御集』には見えない御歌も多い。なほ、この本は書中の「編者のことば」にみる如く特に「楓の巻の謹釈はそれ故に御歌の謹釈ではあるが、普通にある様な訓詁的な字句の解釈を意味せず、特に　貞明皇后様の深く且つ生きたる神ながらの御信仰を仰ぎ且つ知らしめ、我ひと共に純真なる神ながらの信仰を反省し自覚しようとすることに眼目を置いてゐる」本である。従つてその「謹釈」は長文且つ専門的、学問的に亙る事が多く、御歌拝読の参考とはしたが、要約は難しく著者に対し非礼ともなりかねず、本書への引用は大正十三年の御歌「以歌護世」の註以外は控へた。なほ第三巻萩の巻には謹釈は付されてゐない。

なほ、御歌の中の何首かは後述する『貞明皇后』（早川卓郎編、大日本蠶糸會発行、昭和二十六年、非売品）等の中にも紹介されてゐる。又、皇室関係の伝記や辞典類にも量の多寡は別として、御歌に就いては後述の如く殆どの書に触れられてをり、多くの国民にも、貞明皇后も御歴代の方々と同様に御歌をお詠み遊ばすといふ事は知られてゐたであらう。

貞明皇后の御詩に関する本

然らば、御詩に就いての国民一般の知識はどうであらうか。遺憾ながら甚だ心許無い、といふのが実情である。現に前掲の三種の「御歌の本」「御歌の謹解本」にも御詩に就いては触れられてゐない。

貞明皇后の御詩の謹解、解説書は管見では無いと思はれる。ただ一つ『貞明皇后御詩集』（研志堂漢学会木部圭志、平成元年発行、非売品）なる小冊子が有るのみである。同書は謹訓はされてゐるが、謹解に類するものは無い。

抑々、貞明皇后の御詩の謹解、解説書どころか仮令、大正天皇の御製、御製詩、或いは貞明皇后の伝記類、御歌に関する出版物であつても、貞明皇后の御詩への言及は皆無か、精々僅少と言ふのが実情である。これは、大正天皇の御製詩における大正天皇御集刊行会に依る普及版の『大正天皇御集』（昭和二十三年）、木下彪氏に依る『大正天皇御製詩集謹解』（昭和三十五年、平成十一年再版）の如き出版が為されてゐないので已むを得ないと言ふべきか。

念の為「大正天皇或いは貞明皇后の伝記類、御製、御製詩、御歌に関する出版物」ではあるものの「貞明皇后の御詩への言及は皆無か、精々僅少」の実情を見ておかう。何分にも管見に入つたもののみであり、洩れた資料もあらうが参考にはなるであらう。抄出であり、出版年順に並べる。

貞明皇后の伝記類

『教育亀鑑・松間鶴・九條家息女節子姫御伝記』（太田百祥謹撰、明治三十三年）

筆者註―副題にある如く九條家息女であられた頃の伝記であるので、和歌・漢詩に関する具体的記述は見られないが、御成婚に備へて華族女学校を退学されて後、御自邸に各教授、教員を招聘の上勉強遊ばされた中に「其他国語漢文習字等は折々下田歌子小野鵝堂などの旧師を招きて復習され云々」とある。

『大正天皇御治世史』（高木八太郎、小島徳彌謹編、教文社、昭和二年）

筆者註―大正天皇については「御聖徳記」なる大項目の中に「御製と御詩《ママ》」なる一項が立てられ、御製竝に十五首の御製詩が紹介されてゐる。然るに、貞明皇后に就いては「皇太后陛下」なる一項が立てられ、「陛下の御幼時と御学問」「御日常の陛下」なる二つの小項目に分ち凡そ十頁の記述があり、中に御歌七首が紹介されてゐるものの、御詩に就いては一切言及が無い。

『貞明皇后』（早川卓郎編、大日本蠶糸會発行、昭和二十六年、非売品）

和歌については、華族女学校時代から大口鯛二に指導を受けていられた。（中略）の和歌に見ても、実にみごとであるが、時には三島毅について漢詩などまで試作されたほどである。（筆者註―「試作」だけでは誤解を招く。実作も為されたのである。この書は養蚕関係を主眼とし、灯台守や癩者への御仁慈にも言及し、皇室尊崇の念篤い好著である。それだけに、御歌七十六首を謹載する反面、「養蚕」の御詩にすら気付いてをられないのは惜しみても余りあるが、出版の年代からみて無理からぬ事であらう。）

『貞明皇后』（入江相政他共編、主婦の友社編・発行、昭和四十六年）

管見の限りでは最も懇切な御伝記である。但し、B５判に近い三百二十一頁の大冊であるにも拘らず、前掲の同社編、発行の『貞明皇后御歌集』同様「御詩」に就いては全く触れられてゐない。ところが、本書の「参考書類」の中には宮内庁書陵部編成の『貞明皇后御歌集』（上下）が明記されてゐる。併し、宮内庁書陵部編成の『貞明皇后御歌集』（上下）と『貞明皇后御詩集』（全一冊）とは三冊を以て一組とした帙入である。『貞明皇后御詩集』の存在に気付かないなどとは到底考へられない。御詩に就いて全く触れられてゐないのは、「惜しい」と言はんより寧ろ筆者は敢て「不審」と申し上げる他ない。

『皇室事典』（村上重良編、東京堂出版、昭和五十五年）

和歌の道にすぐれ、のち『貞明皇后御歌集』二巻が宮内庁から刊行された。（筆者註―『貞明皇后御詩集』への言及がない。察するに右の主婦の友社編・発行の書を参考とせるにや。）

『今上陛下と母宮貞明皇后』（筧素彦著、日本教文社、昭和六十二年第三版）

大宮さまの歌道への御精進は大へんなもので、お若い頃から本格的に御勉強になり『万葉集』などは毎週井上道泰博士の御進講をおききになったとのことで随分沢山の数をお詠みになっている。その中の千三百首あまりは昭和三十六年に『貞明皇后御歌集』上下二巻として宮内庁から刊行されている（筆者註―「刊行」とあるが、この時点で印刷して世に出されてゐる訳ではない。抑々『貞明皇后御集』には普通の出版物に見られる編著者名や発行所名、所在地等を記した奥書は無く、ただ「奉旨・編成」の日付並びに「宮内庁書陵部」と書かれてゐるのみである。出版は前述の如く主婦の友社、昭和六十三年の『貞明皇后御歌集』である）。しかも、その下巻の末尾には相当数の漢詩も載っている。これは大正天皇が漢詩を得意となさったので、それに合わせられたものである。（筆者註―『貞明皇后御集』は御歌集（和歌）上下二冊、御詩集（漢詩）全一冊の計三冊から成つてゐる事は前述の通り。「下巻の末尾云々」から見て、著者は元宮内省総務局の三つの課長、更に皇太后宮職事務主管等宮内省、宮内府、宮内庁を通じてその要職に就かれたと言ふお立場上、前記稿本の①を目にする機会がおありで、それと混同してをられるのではなからうか。）

『国史大辞典』（吉川弘文館昭和六十三年第一版第一刷）「貞明皇后」の項

『貞明皇后御歌集』上下二巻と『貞明皇后御詩集』一巻（漢詩）がある。

『椿の局の記』（山口幸洋著、近代文芸社、平成十二年第一刷）

貞明皇后さまが論語やらあの、ああいうものをね、あの三島（侍従《ママ》）さんからお上へお稽古をおあげんなるでしょ、素読をね、そうすると皇后さまはお相伴あそばすわけ、その時に、とてもお上にはお供ができきんて仰せになる、お早くて。ちゃっと（ちゃんと）お教えせんとこ、ちゃっとお素読遊ばす。三島さんでも舌を巻いてござる。やっぱし神様のお子さんやなってみんなで申しあげとる。（筆者註─椿の局は大正の御代に、両陛下に近侍した実在の女官である。引用したこの箇所の他にも大正天皇が和歌のみならず漢詩にも極めて優れて坐しましたとの記述はあるが、貞明皇后の漢詩には全く触れられてゐない。）

『歴史読本・歴代皇后全伝』（新人物往来社、平成十七年十二月）「貞明皇后」の項

筆者註─三頁に亙る長文の中、救癩、養蚕等への言及はあるが、御歌、御詩に関しては全く言及されてゐない。

『母宮貞明皇后とその時代』（工藤美代子著、中央公論新社、平成十九年）

若干の御歌を引用するなど、御歌には触れられてゐるが、御詩には触れられてゐない。

大正天皇の御製、御製詩に関する出版物

『大正天皇御製詩集謹解』（木下彪謹解、明徳出版社、平成十二年再版）

安岡正篤氏序文より

明治天皇が国民精神統合の崇高な太極であつたことは勿論、皇后と共に又偉大な歌人であつたことも今更言ふを須ひない。然るにその御子大正天皇が、仁愛清和の御資質を以て、皇后と共に亦和歌に秀でられ、その上非凡な漢詩人であつたことを国民が殆ど知らないのは誠に残念なことである。

著者木下彪氏の後書（筆者註―「後書」とは題されてゐない）より

皇太后（筆者註―貞明皇后）御崩御の後、加藤元宮内省御用掛と私は、命を承けて皇太后の御詩稿を校理した（筆者註―前記稿本の②③④⑤であらう）。明年の十年祭には御詩集が宮内庁から刊せられる由、先帝の御詩集と永く双美を成すであらう。

『大正天皇御製詩の基礎的研究』（古田島洋介著、明徳出版社、平成十七年）

著者「あとがき」より

天皇御自身の和歌（総計四六五首が現存）や貞明皇后の漢詩（総計七十一首が現存）との関係も興味深い問題であるうへ、……。

其の他各種出版物

前記の他、大正天皇の御製詩に関する出版物として「中央詩壇」（第十三巻第二号、昭和二年二月号）、『雲處雜談』（新田興著、不二歌道會、昭和二十八年発行）があるが、貞明皇后の御詩に関する事には触れられてゐない。これはその刊行年から推して已むを得ないであらう。大正天皇の御製詩をも取り上げた書に『日本人の漢詩』（石川忠久著、大修館書店、平成十五年発行）があるが、貞明皇后の御詩に触れられてゐないのは些か寂しいことであつた。

『天皇歌集　みやまきりしま』（昭和二十六年、毎日新聞社発行）の中に安倍能成氏の「陛下の印象」なる一文が有り、「故皇太后様（筆者註―貞明皇后）が御隠居の御身分として、蚕糸や燈台守や癩患者に御心を寄せられたことは、ありがたくも尊い云々」とも記されてゐるが御歌や御詩に関する記述は見られない。

参考迄に小説も採り上げておかう。長田幹彦著『小説　天皇』（昭和二十四年、光文社発行）は大正の御代、両陛下に近侍した女官を主人公にした小説である。その中に、大正天皇の漢詩の事には触れられてゐる場面はあるが、貞明皇后の漢詩に関する場面は全く見られない。この小説は真面目な小説である。何となれば、当時の世相は（日本共産党は（中略）機関誌「赤旗」をはじめ、系列下にある雑誌、新聞のすべてをあげ、またパンフレット、単行本を盛んに刊行し、その他、ビラ、プラカード等あらゆるものを用ゐて、全面的な皇室否定、天皇制抹殺の宣伝活動に狂奔してゐた。（中略）そして、これら天皇制抹殺を目標とする皇室誹謗の赤色宣伝活動は、その重要目標の一つを　大正天皇に集中してゐた。御病弱であられた、大正天皇に対するありとあらゆる推測的譏謗が書きまくられた。それは、まことに耳目を覆はしむるてい の悪魔的言辞であつた。覚めたる少数国民有志の憤怒と悲嘆は実に骨髄に徹するものがあつた。」（『占領下の民族派―弾圧と超克の証言』・影山正治全集第二十四巻）と云ふ状況であつたのであり、そのやうな状況下に書かれた小説ではあるが不敬なる言辞が弄されてゐる訳でもなく、このやうな小説は結構世間一般の知識や理解の程度を反映してゐるものと察しても大過なからう。御製詩は宮中では勿論、或る程度国民にも知られてゐたが、皇后（出版当時は皇太后）が御歌の他に御詩をもお詠み遊ばす事はこの小説が書かれた当時は宮中や側近の間ではいざ知らず、一般には全く知られてゐなかつたといふ事を、この小説は反映してゐるのではなからうか。

なほ、平成十九年八月に吉川弘文館の人物叢書として『大正天皇』（古川隆久著）が出版された。これには「節子は（筆者註―この書にはかゝる不敬なる点が多く、お薦めしかねる）華族女学校時代から大口鯛二に和歌の指導を受けていた云々」、「明治三十五年（筆者註―典拠不明。『貞明皇后御詩集』では最初の御作は明治四十年）から大正三年までの間に節子妃は少なくとも六二の漢詩（筆者註―典拠不明。『貞明皇后御詩集』には七十一首が謹載されてゐる。）を作っており、死後、『貞明皇后御詩集』

として出版された。」の記述が見える。

結論を言へば、貞明皇后の「御歌」に就いては東宮妃の御頃より一般国民にも周知の事であつた。そして、戦後は尚よく知られるやうになつた。併し、「御詩」に関しては、戦前にあつても臣下の中でも極く限られた範囲の近侍者にしか知られてゐなかつた。戦後、宮内庁書陵部の手に依り『貞明皇后御集』の編成が成り、各地の県立図書館にさへ寄贈されたとは言へ、「御歌」はさて措き、「御詩」は殆ど知られる事は無く、今日只今の時点でも全く、と言へるくらゐに知られてゐないと言つても過言ではない、と言ふことであらう。

御歌集

明治三十五年

新年梅　御会始《ごくわいはじめ》

梅の花かぞふばかりもさきにけり年のはじめの一日二日に

御会始—今の「歌会始」。天皇の催し給ふ歌会を古くは「歌御会」と称された。その濫觴は定かならざるも正月の歌の御会始の文献上の初見は後土御門天皇の文明十五年（皇紀二一四三年）とされる。現在のやうに国民の詠進が差し許される事となつたのは明治七年からであり、「歌会始」との改称は大正十五年。

ベルツの二十五年間日本に居れるを祝ひて

年ながくくすしのわざををしへつるいさをおもへばたふとかりけり

ベルツ—明治九年日本政府の招きに依り来日せるドイツ人医師。西暦一八四九年（本朝嘉永二年）南ドイツ生れ。来日後は東京医学校（後の東京帝大医学部）にて教鞭を執る。明治十四年荒井花子を娶る。同二十三年天皇竝に東宮の侍医。同三十三年勲一等瑞宝章を賜る。

三十五年には宮内省御用掛、侍医局顧問。同三十八年ドイツに帰国。同四十一年東宮拝診の為一時来日。一九一三年（大正二年）シュツットガルトにて逝去。行年六十三。大正天皇はベルツの訃報に接し「悼伯兒都《ベルツ》博士」なる七言古詩の御製詩を詠み給うた。この御製詩、稿本には「賜」の書込みが見られ、何れかに下賜されたものと思はれる。『大正天皇御集』には採録されてゐない。

海辺春

あびきするこゑもとだえて静浦のうら静かなる春の夕ぐれ

雨中草花

わが庭の千草のはなのぬれ色に小さめたのしき山の下いほ

晩鴉

いかにしておくれたりけむ夕日かげ入りにし後にかへるからすは

雪のふりたるあしたに

たえまなくふれども庭につもらぬは雪の心のあさきなるらむ

折にふれて

あつふすまかさねてもなほさむき夜をおきにいでゐてあまやうをつる

註―大正二年の御詩「応制詠漁父」を併せ読まれたい。

寒蘆

浦びとやかりのこしけむかれあしの一むら岸にをれふせる見ゆ

明治三十六年

新年海　御会始

としなみのたてるあしたは海原もあらたまりぬるここちこそすれ

明治三十七年

巖上松　御会始

うごきなくさかゆる御代を岩のうへの松にたぐへて誰かあふがぬ

折にふれて

風わたる庭のやり水見てもなほ心にうかぶうみのたたかひ

うみのたたかひ—日露戦争における海戦。具体的にはどの戦ひを指し給ひしか不明なるも、明治三十七年の主な「うみのたたかひ」は次の二つであらう。

八月十日　黄海海戦。浦塩に遁走せんとする露西亜艦隊の旅順脱出を阻止。

同十四日　蔚山沖海戦。露西亜の浦塩艦隊撃滅。

明治三十八年

新年山　御会始

ふじのねをいよよ高くもあふぐかなあらたまりたる年の光に

山家秋

とちくぬぎ松の木の間に色づきて都にしらぬ秋の山里

水鳥

池水もこほりそめけむをしがもの羽ふきのおとのさえてきこゆる

をしがも――鴛鴦の異名

明治三十九年

暮春

くれてゆく春はとどめむすべもなしかたみのはなをいざをりて来む

牡丹

紅《くれなゐ》のいろふかみくさ咲くそのにくるひててふもけしきそへつつ

くるひて—じゃれついて。

生駒艦の進水式に

くろがねの大みふねさへみくににて造りうる世となりしうれしさ

生駒艦—本朝初の石油、重油混焼に依る動力を装備せる一等巡洋艦。満載排水量一五、四〇〇噸。進水式は四月九日に挙行され、東宮（大正天皇）が臨み給ひし事は『天地十分春風吹き満つ—大正天皇御製詩拝読』の「厳島」の参考欄に概説してあるので御参照願ひたい。

海辺夕

入日さすはまの松かげあまの子がちちやまつらむあまたむれゐる

暁杜鵑

あけぼのの雲にかくれてほとゝぎすなきてすぎゆくこゑほのかなり

夏夜

ゆふがほの花を見ながらかぜまちてはしゐする夜は夏なかりけり

はしゐ―端居。縁先に出て涼を求めること。

明治三十九年日光に避暑中にそぞろありきしけるをり

竹林なくうぐひすにこまどりもふしおもしろく声あはすなり

ありき―歩《ある》き。ら行の通音。

折にふれて

鶯のこゑおもしろき山かげの軒ばにちかくほとゝぎすなく

しづけさを何にたとへむやり水のながれもたえし山かげのやど

山中霧

み山ぢは朝ぎりふかしたび人のゆきかふそでもつゆけかるらむ

松間月

すみわたる月のかがみにむかひては老木の松も影ややさしき

秋夕

くれてゆく空こそことに悲しけれ秋のあはれはいつとなけれど

白

ふりかかるみゆきをはらふ宮人の小忌《をみ》の真そでに梅の花ちる

小忌――小忌衣《をみごろも》の略。大嘗祭や新嘗祭に奉仕する宮人が装束の上に着る狩衣に似た衣。白地に小鳥などの模様が青摺りにされ、肩に赤紐が垂らされてゐる。

猿

わびしらになく声すなりうたれしは母のましらかいつくしむ子か

わびしら――形容動詞「侘しら」。「ら」は接尾語。悲しく切なさうである。

富士の絵に

そそり立つ不二の高山いやたかくあふがせむとや雪のつもれる

明治四十年

新年松　御会始

門松のみどりもきよきあしたかなちりやはらへる年のはつかぜ

漁村梅

心あるあまやすむらむ磯つづき梅のかをらぬ草の屋もなし

野鶯

おり立ちてつくしつむ手もたゆみけりかすむ御苑の鶯のねに

海辺に遊びて

よせかへる夕のはまの白なみにうき沈みして遊べるは鵜か

夕日かげかたほにうけてあまをぶねかすむなみぢをこぎかへるみゆ

若草

野末までみどりになりぬわかくさはいつの人まにもえわたりけむ

人ま──人間。人が見てゐない間。

春風

桜さく山をへだつる春がすみうれしく風のふきなびけけり

春雨

音もなくそそぐ小さめに春の日もおちゐてふみに親しまれけり

帰雁

われからにおもひたちてもかりがねのなごりをしさになくなくやゆく

折にふれて

をみなとて大和ごころの誰かなきみくにのためにはげまざらめや

戦死者遺族

かなしさを親はかくして国のためうせしわが子をめではやすらむ

水上落花

つかのまに咲きてちりうく桜花波の上にはいく日ただよふ

苗代

しめはへしなはしろ小田を見てもまづ秋のみのりのかけてまたるる

待時鳥

何ならぬ鳥のこゑをもまがへてはほととぎすかと思ふこのごろ

夏夜

ほどなきをかこつものから夏の夜の長くはいかにくるしからまし

夏雲

くれなゐのゆふべのくもぞまたの日のあつさをかねてしらせがほなる

明治四十一年

社頭松　御会始

神まつる忌庭《ゆには》しづけきみかぐらに松ふく風もこゑあはすらむ

忌庭―神事を行ふ為に清められた場所。斎庭。斎場。

松風も神のこころになびきつつ枝をならさで御代まもるらむ

野残雪

山かげの小野のささはらさらさらにはるとも見えず雪ぞのこれる

さらさらに―全く何々ではない。下に打消しの語を伴ふ副詞。

蝶

さきにほふ牡丹にこよひ宿しめて蝶はいかなるゆめか見るらむ

春曙

紫にくももにほひてすみぞめの空しらみゆく春の山々

月影はかすみにきえて山のはの花見えそむる春のあけぼの

春月

山のはをはなれて後も春のよはかすみにうとき月のかげかな

二月十六日そぞろ歩きしける時に

のどけさにさそはれ出でて鶯のはつこゑをさへききしけふかな

柳

春風のたえずさそへば青柳もそむきかねてやうちなびくらむ

藤

紫のいろなつかしき藤の花かめにやささむかざしてや見む

早苗

をとめらがさなへとるらしけふもまた歌声すなり小山田のさと

註—明治四十二年の御詩「雨後観挿秧」を併せ読まれたい。

人伝時鳥

みやこにはまれになりつるほととぎす人づてなれどきくがうれしさ

川辺蛍

夕立のなごりすずしき川風に影も流れてゆくほたるかな

註―同じ頃と思はれるが、「御詩集」には「柳陰撲蛍」の御詩が見える。又、『大正天皇御製詩集』の同年の部に「観蛍」と題し給ふ御製詩があるが、東宮御夫妻御一緒に蛍を御覧になつて、東宮は漢詩を、東宮妃は和歌と漢詩とをお詠み遊ばしたるにやと拝察される。

梅雨久

いぶせさもかぎりあらばぞたへもせむけふもさみだれふりしきるなり

さみだれのなどて久しき梅の実はおちて枝にものこらぬものを

註―「御詩集」この年の部には、この御歌と同様の趣の御詩「梅雨」と、梅雨の晴れ間を詠み給ひし御詩「梅雨放晴」とが見える。御参照ありたい。

撫子

さびしさをしらず顔にもふるさとの庭にほほゑむなでしこの花

朝蓮

見つつあれどひらきもやらず花蓮《はちす》朝のこころのむすぼほるらむ

むすぼほる―結ぼほる。晴れ晴れとしない。結ぼる。

船中納涼

川波に月をのこしてすずみぶねこぎやかへらむさよふけにけり

涼しさにかへるはをしき川瀬かな友船はみなかげもとめねど

松風追秋

秋草はまだつぼみだに見せねども松ふく風のおとかはりきぬ

日光にて

山里はふく風さむみ戸ざす日もみやこの人やあつさわぶらむ

わぶ―詫ぶ。困惑したり、迷惑に思ったりする。

夕立のはれゆく空をまちとりて山下とよみせみぞなくなる

初秋のころ

ふく風は秋をつぐれど山まつの梢のせみの声はよわらず

むかひの高き山より烟のたつを見て

たちのぼるけぶりを見れば高山の上にもすめる人はありけり

折にふれて

名もしらぬ小ぐさことごと花さきて山路の秋は春にまされり

朝な朝な秋の山ぎりふかくしてのきのしづくぞたゆるまのなき

朝の雨のなごりつゆけき草の上にまばゆきばかりにさす日かげかな

秋萩のさかり見にこと宮人をまねきがほなるはなすすきかな

雲

東のくもたつ空ぞなつかしき君がましますか方ぞとおもへば

秋山

下ぞめの一あめごとにもみぢしてながめたのしきをちこちの山

下ぞめ—染色の際、本染めの前に他の色で染める事。これを、紅葉の色が「一あめごとに」変化する模様にたとへられた。

ふもと野の千草の花のうつろへばみねのもみぢのいろまさりゆく

浦擣衣

うらなみにまぎるるほどぞあはれなるきぬたの音のたえだえにして

月ふけてうらしづかなる秋のよにひびくもとほしころもうつおと

氷

とくおそくむすぶ氷も池水のふかきあさきによるにやあるらむ

水鳥

寒かりしよはのおもひもわすれけむ朝日にねぶる岸のみづとり

絵

ふみの上にしるす昔のふるごともゑのありてこそよくしられけれ

雀

あさいする窓のとちかくむらすずめきてなく声をきけばはづかし

あさい——朝寝《あさい》。

明治四十二年

雪中松　御会始

風もなくふる白雪をうけてたつ松のこころやしづけかるらむ

いとどしくふりつむ雪を千代ふべき松はものともおもはざるらむ

橋本綱常の身まかりぬとききて

去年のくれあひしをつひのわかれとは思はざりしをあはれ人の世

橋本綱常《つなつね》――二月十八日に逝去せる宮中顧問官陸軍軍医総監。弘化二年（皇紀二五〇五年）越前藩医橋本家の四男として生る。勤皇の志士橋本左内の弟。「御詩集」のこの年の御詩「訪有栖川宮妃於葉山別業話及橋本国手逝去有此作」を御参照願ひたい。

なほ参考までに『明治天皇紀』を引用しておかう。

（明治四十二年二月二十一日）宮中顧問官陸軍軍医総監正三位勲一等医学博士橋本綱常病篤きを以て、去る十八日特旨を以て従二位に叙す、同日薨ず、仍《よ》りて多年軍事衛生上に貢献し、且皇室医務に功績尠《すくな》からざりしを追思し、是の日祭資金三千円を賜ひ、二十二日侍従伯爵清水谷實英を勅使として其の第に遣はし、白絹二匹を賜ふ、皇后亦祭資金千円を賜ひ、尚天皇・皇后別に金五千円を内賜し、皇太子・皇太子妃亦金一万円を賜ふ、

雪ふらば訪はむと契りおきし人の来ざりければ

ゆきよりも人の心のあさけれや日ぐらしまてどかげの見えこぬ

八十歳になれる師の三島中洲の雪ふれる朝とくより教へにとて来たりければあたたかなるものにてもつかはさむかと思ひて

いかにせばけふの寒さを老が身におぼえぬまでになしえらるべき

三島中洲―三島毅、中洲は号。漢学者。当時東宮侍講。詳細は『天地十分春風吹き満つ』の明治四十二年の御製詩「賀三島毅八十」を参照されたい。

「中洲詩稿・巻之二」（大正十一年二松学舎発行）に「十八日大雪。退宮途中作」なる七言絶句がある。この十八日は「中洲詩稿」のその前後の作から見て一月であり、貞明皇后がこの「いかにせば」の

御歌を詠み給ひし日ではないが、この御歌は雪も寒さをものともせず精励恪勤する中洲の姿の彷彿として来る御歌であると共に、若し『大正天皇紀』の公刊が為されてをれば「雪ふれる朝」は何月何日かと分るにやと惜しまれる処である。

明治四十二年の春葉山にて閨のうちにある程鴬のこゑしきりにきこえければ

鴬のこゑをさやかにききながらはなれかねたる春の朝床

同じ折の夜

浪のおともきこえぬ春の夜半ながらこころの海のさわぎがちなる

ねざめに雨の音をききて

ねよげにや草ももゆらむ夜もすがら枕のどかに春雨のふる

桜の一枝をわが為めにとて持ちかへりける人のありければ

一枝のはなにこころも春めきぬきのふもけふもいでかぬる身は

暮春

をしむかひなしとはしれどくれてゆく春の空こそながめられけれ

あはれさもとしごとにそふここちしてくれゆく春のをしまるるかな

菜の花のさけるを見て

ここかしこ菜の花さける野中道たがこぼしたるたねにかあるらむ

折にふれて

夕立の名残すずしくふく風にのぼるもやすき夏の山みち

進行せる艦のおほきくてうごかぬやうに思はれければ

あとにゆく浪を見ざらば大ふねのうごきいでしもしらでやあるらむ

五月二十九日軍艦敷島にのりける時機関室を上より見て

くるしさをむねにひめつつもゆる火と力くらぶる人をしぞ思ふ

註―『明治天皇紀』に依ればこの日、皇太子殿下、同妃殿下は横須賀軍港に行啓、軍艦敷島に搭じて、第一艦隊の開戦準備・戦闘準備・火災演習・水雷発射等の演習を台覧遊ばされたる由。
なほ主婦の友社版の詞書には「五月二十九日に云々」とあるが、書陵部版には此の「に」は無い。

雨中時鳥

ほととぎすはつこゑきけばさみだれのいぶせさわぶる空としもなし

紫陽花

いつもいつもふしめがちなるあぢさゐの花のこころぞゆかしかりける

折にふれて

ふりふらずあやしき空にたちいでむ心もまよふ梅雨《さみだれ》のころ

おりたたむ時なかりけり梅雨のふりのみしきる庭の露原

空のうみつきのみふねのゆく方に白なみなしてよするうきぐも
なかぞらにかかれる月のかげうすしまだくれはてぬ夏の夕ぐれ
風わたる夜のはしゐぞここちよき柳にかかる月もゆらぎて
日ざかりのあつさわすれてすずむまにはしゐうれしく月もさしきぬ

遠夕立

うちつけにすずしき風ぞふき来なるいづくのさとか夕立のする
なるかみのおともきこえて風すずしゆふだちすらし遠の山もと

夏夕

あまぐもは見る見るきえて風もなきあつさにかへる夏の夕ぐれ

折にふれて

うたたねの枕にちかくきこゆなり山ほととぎす月になくこゑ

朝づく日影うちなびく竹村にこゑさやかにも時鳥なく

人みなはききつといふを時鳥わがためなどか声をしむらむ

秋たちてよりはほととぎすの声せざりければ

こむ夏をちぎるしるしに時鳥今しわかれの一声もがな

あさぎり深く庭をさへこめたりければ

秋ぎりに山はかくれてふたもとの杉のみたつと見ゆる朝かな

初秋風
このあしたきりの一葉のちるみればはや秋風のたちそめぬらし
残暑
秋きぬと思ふこころのゆるびよりなかなかたへぬあつさなるらむ
稲妻
いなづまのてらす光に夕やみの小田のほなみもしるくみえつつ
草花露
秋草の花をよそほふしら玉ははかなく消ゆる露としもなし
月前虫
霧はれてみちたる月の影きよし何をかこちて虫のなくらむ
逗子よりかへるみちにて
みちすがらなみだにくるるけふの旅みこの一声耳にのこりて

朝落葉

ちりしける紅葉のいろぞあはれなるあしたの霜もうすくかかりて

袖

ながきにもほどこそありけれをとめ子がふる袖いかにうるはしくとも

冬夕

いでなむとおもふも寒き夕ぐれにいとどふきそふ木枯の風

おくれたる雁の一つら雲間よりみゆるも寒き冬の夕ぐれ

水鳥

み雪ちるあしたの風にをしがものはねきるおとの寒くもあるかな

冬暁雨

あかつきの空のさむさやゆるびけむよひのゆきげの雨になりぬる

木枯のふきしづまりし窓の外に音たててふるあかつきのあめ

人のこころのいかにぞやと思はるるふしあれど、われだに思ふやうにはなりがてなるに

人の上をさのみはいはじわが身すらわが心にもまかせぬものを

人々の白髪になるをいとふ由いひければ

おのづからかしらに白くおくしもをはらひわびても人の歎くか

猫を人につかはすとて

わがひざにねぶれるねこのさまみれば人におくらむ心地こそせね

神祇

一すぢにまことをもちてつかへなば神もよそにはいかで見まさむ

明治四十三年

新年雪　御会始

としたちてけさめづらしと見る雪もはつ荷車やゆきなづむらむ

門松のみどりのいろもいやふかくなりまさりけりけさのみゆきに

元旦

あら玉の年たつけさは門ごとの旗の朝日も光ことなる

新年待友

松のうちにこもれるやどの梅のはな見に来む友もあらばとぞおもふ

水仙

一本に冬の心のうごくかなかをりこもれる水仙のはな

節分に豆を

いりまめに年をかぞへていはひもしかなしみもするけふにやはあらぬ

春晩霞

空の海うらうらわたる天つ日もかすみにしづむ春の夕ぐれ

たちのぼる里わのけぶりなびきあひてかすみいろこき峯の松ばら

椎茸

おひいでて数まさりゆく椎茸に日ごと楽しきつれづれの宿

土筆

つみゆけばかたみにみちぬつくづくしまだおひぬともおもはざりしに

かたみ―筐。竹で編んだ方形のかご。
つくづくし―「つくし」の異名。

春雪

初わかなたづねていでし春の野にたもと寒くもつむみゆきかな

若菜

はつわかなかたみにみちぬ七くさのみがゆにはしてあすぞささげむ

探梅

こころありてなくとこそきけ鶯の声のまにまに梅はたづねむ

芹

春はなほ浅沢水にそでぬれてねぜりつみてむこにみたずとも

ねぜり―根芹。芹の異名。

春風

すみれさく野路の春かぜをとめ子が花のたもとをかへしてぞふく

残氷

里川のみぎはにのこる薄ごほりながれし冬をとどめがほなる

夜梅

たが宿をもれて来つらむおぼろ夜の空なつかしき梅が香ぞする

山残雪

春立てど冬のさむさはさりもせでやまのはしろくゆきののこれる

春がすみたなびく山のみねつづきのこるみゆきもあはれいつまで

柳

立ちよらむ人なきやどの糸柳なほたがそでかひかむとすらむ

白酒

紅のもものはなかめすゑおきて白きさけくむ春のたのしさ

鶯

うめの花ちりしく春の庭なれどなほ鶯の声ぞ少なき

初春雨ふりける日

たちてまだ二日ばかりのゆふべにもふりいでし雨は春としらるる

折にふれて

おもへども思ひぞなやむいかにせば人のこころの安からむかと

まことよりほかの心をもたざらば世におそろしきものやなからむ

ふりくらしはれぬながめにほろほろとつばきの花の庭におちくる

鶯の初音うれしくききてけりまだはなれうき朝床のうちに

竹田宮妃殿下のとひ給ひけるに

なつかしき君の来ませるうれしさに先づ何をかといひまどひぬる

竹田宮—北白川宮能久親王の第一王子恒久王が明治三十九年に創設さ

れた宮家。妃は明治天皇の第六皇女常宮《つねのみや》昌子《まさこ》内親王。

折にふれて

ふる雪にあけてぞ見つる冬のきてさしかためたる窓にはあれども

春曙

百鳥の声のきこえて春の夜はかすみながらにしらみそめけり

春夕月

かりがねの花を見すててゆく空にさびしくかかる春の夕月

うちなびく柳の糸にかかりけり弓はり月のかげのかすみて

よもぎ

いつしかもこにあまりけりよもぎぐさところもかへずつむとせしまに

霞

ひとすぢのかすみとなりぬたちつづく里の煙のみねにのぼりて

蕨

さくら花たづねえざりしかへり路に嬉しく手をる初わらびかな

尋花

たづね入りし山のかひなくくだり来て思はぬ里の花をこそ見れ

土筆

春きてもいまだかへさぬを田のもにははやもつくしのながく生ひたる

折にふれて

朝風にみぎはの氷とけにけり池のこころも春やしるらむ

桃花

桃の花枝見えぬまでさきみちてしづが垣根も春にとみたり

夜春雨
おぼろよのかすみは雨になりぬらし更けておとする軒の玉水

花見
とりどりによそひこらしてゆく人や花見るよりもたのしかるらむ

夕花
白くものおりゐるかとも見ゆるかなゆふべしづけき山のさくらは

折にふれて
しばしとてねぶるともなくありしまに一時たちぬ春の朝どこ
谷水の岩こす音にまけじとや松をゆすりてせみのなくらむ

日光にありてものおもふころ　中秋の月をみて
めづらしくすみわたりたるもち月も人にいはれてみるこよひかな

註―この頃御詩もお詠みになつた。『御詩集』の「中秋観月」（明治四十三年）を併せ読まれたい。

九月二十四日

いでましのあとしづかなる秋のよは犬さへ早くうまいしてけり

いでまし―東宮は特別工兵演習台覧の為、京都に行啓。十月十二日東京に還啓。

うまい―味寝。熟睡。

折にふれて

むしの音はくれゆく庭にきこゆれどまだ秋としもなきあつさかな

寒松

みゆきふる冬もよそなる松ながら声はさすがにさえわたりけり

南天

ふさながき庭の南天ひえどりのきてはむまでに色づきにけり

ひえどり―鵯《ひよどり》に同じ。

冬夜

霜さえて夜はふけぬるをおぼつかなたえだえにする物うりのこゑ

霰

北風やさそひきつらむ手にとりてかぞふばかりも玉あられふる

雪中友来

釜のゆはすでにたぎりぬ友はきぬ雪にこのめのまどゐいざせむ

このめのまどゐ―「このめ」は「木の芽」で「茶」を言ふ女房詞。「まどゐ」は「円居」、親しい者同士が集ふこと。此処では親しい者同士が集ふ茶会。

冬夜閑談

たまあへる友をむかへてかたる夜は冬ともしらぬのどけさにして

たまあへる―「魂」の「合へる」即ち、心の通じ合ふ。

折にふれて

おぼつかないかなる実をかむすぶらむ若木の花はうるはしけれど

襟

かりそめにかくるえりさへこころせばよそめゆかしくおもはれなまし

社頭松　森戸神社

植ゑつきしまつもゆ庭にとしへなばときはかきはの蔭となりなむ

森戸神社―葉山町堀内鎮座。別名森戸大明神。

薪

あせあえてはらひし賤のいたづきをまづこそしのべもゆるたきぎに

あえて―（汗を）したたらせて。

樹頭猿

おのがどち手に手つなぎて松の上になみゐるさるのたのしげにみゆ

絲

清らかに見ゆるものかな白妙の衣ぬふなる麻のうみいと

送別

このもとに君をおくりてさきいでむ花にあふ日をまちやわたらむ

明治四十四年

寒月照梅花　御会始

香をとめてとふ人もなき梅園を夜ごとにてらす月の影かな

月の影―月の光（佐々木信綱『謹解本』）。

二月二日大谷籌子の葬儀行ひけるに

西のそらながめこそやれこのゆふべけぶりとならむ人をこひつつ

大谷籌子《かずこ》―浄土真宗本願寺派第二十二世大谷光瑞門主の令夫人大谷籌子刀自。貞明皇后の姉君。主婦の友社版には「壽子」とあるが書陵部版には「籌子」とある。『御詩集』この年の御作「喪中作」を御参照願ひたい。

二月六日うす清めにて衣がへしける折

たえまなきしづくに袖はくちぬれどぬぐはたをしきけさの衣か

うす清め―「清め」は穢れを去る事。明治四十二年の「皇室服喪令」では兄弟姉妹の喪は九十日（第三条）、之を二期に分ち第一期二十日、第二期七十日（第三十一条）とされ「皇室喪服規定」ではこの期により喪服の色、質、飾り等が定められてゐる。

日をへて小田原より梅の立枝を慰みにもと給ひけるに

かきくらす心のうさははれながらめぐみの露にまた袖ぬるる

余寒雪

花とさく木々の雪こそうれしけれはるの寒さはうたてかれども

うたて―「嫌だ」といふ思ひを表す語。

春井

さきそめし梅の花こそうつりけれ板井の水も春やしるらん

野梅

ふく風のさそふまにまにとめくれば野ずゑの梅の花さかりなり

春閑居

釜の湯の音よりほかの音もなし春しづかなる山の下いほ

紀元節の夜の暁方に

寒しともおぼえざりけりさよなかの月も春にやうつりそむらむ

紀元節―明治五年に初代神武天皇の御即位の日を紀元元年と定め、祝日とされた。当初は旧暦の元旦を新暦に換算して祭典が行はれてゐたが、それでは毎年その日が変る事になる為、翌年に「日本書紀」に載る御即位の日「辛酉年正月一日」を新暦に換算、二月十一日をその日と定め、明治七年以降は二月十一日に一定した。この祝日は大東亜戦争後、占領軍の強権により廃止の已む無きに至つたが、昭和四十一年に「建国記念の日」として復活した。

若布

みなそこにけふはわがみるにひわかめあすはいづこの市に出づらむ

梅さくら何れかおもしろきと人のいふに

時によりところによりて梅さくらいづれよしとも定めかねつつ

冬林

見し秋のいろを落葉にしのばせてあらはになりぬ冬のはやしは

冬猫

うづみ火のあたりはなれずけふもまたねぶりにふける冬のかひねこ

沖

磯崎の岩にくだくるおと高しおきつしらなみいかにたつらむ

声

まよなかに子のなく声はつるぎばの身をきるばかり悲しかりけり

朱

やさしさにかほもにほへりすみがきのなべてにぬりにかはる手習

ものへゆく道にて

母やなきこれの幼子ほころびし衣のままにて外にいでをり

棚

ふるびたるたなもゆかしく見えぬべしうつはただしくすゑてありなば

明治四十五年

松上鶴　御会始

白波のはままつの上にまふたづのつばさゆたかに見ゆるあさかな

仙人をのせてかへりしたづならむつばさをさめて松にいこふは

仙人―佐々木信綱『謹解本』に依れば「やまびとをのせてかへりしたづならむつばさをさめて松にいこへる」とあり、「仙人」は「せんにん」ではなく「山人」で「仙人《やまびと》」と読む。「やまびと」は神仙の尊称。

富岳を見て

山もとはかすみにきえて中ぞらにうかぶと見ゆる雪のふじのね

折にふれて

けふぞ見しむかしの人のうたひけるかのこまだらの雪のふじのね

むかしの人のうたひける―『伊勢物語・九段』の「時しらぬ山は富士

の嶺いつとてか鹿の子まだらに雪の降るらむ（季節知らずは富士山であることよ。一体今を何時と思つて鹿の子まだらに雪を降り残してゐるのだらう）」。「鹿の子まだら」は「鹿の子の背中の白いまだら模様」。

さほひめがくるいとやなぎたえまなくよりかけてゆくさとの春風

さほひめ―佐保姫。春の女神。「佐保姫の糸染めかくる青柳を吹きな乱りそ春の山かぜ」（詞花集・春・平兼盛）。

大正二年

寄天祝　天長節

よろづよはかぎりこそあれかぎりなきそらにたぐへむ君がよはひは

天長節―大正天皇は明治十二年八月三十一日御降誕。なほ大正二年以降は八月三十一日には天長節祭のみを行はせられ、宮中に於る拝賀、宴会等は十月三十一日にすべき事と定められた。

秋川

みごもりのあゆの落ち行くかげみえてさびしくすめるあきの川みづ

残紅葉

吹くかぜもよそにすぎけむ一本のいはがきもみぢあかくのこれり

采女のすがたをみて

みまつりにすすむうねめのよそひみてしばし神よの人となりぬる

采女―宮中にあつて、天皇皇后のお側に仕へる女官。

足尾に糧食はこぶ牛を

おのが名のうしとおもはであしをやまいくらの人の命つなげる

あしをやま―茨城県西部、筑波山と加波山の中間の足尾山（標高六二七、五メートル）。万葉集には「葦穂山」とある。

禁中菊

君が代をことほぐまひのかざしにもをるかみそのの白ぎくの花

霜

みほりべにおくれてつきしかりがねの羽がひの霜のさむげなるかな

残灯

あけがらすなきてすぎゆく窓の内にあるかなきかにのこるともし火

月前神楽　十二月十五日

こころありて月もさすらむ大神をなぐさめまつるみかぐらのには

十二月十五日―恒例の賢所御神楽の行はれる日。夕刻より翌早朝にかけて行はれ、両陛下を始め皇族方もお出ましになる。但し、『大正天皇実録』に依ればこの年は天皇は出御あらせられなかつた。

御神楽のまたのあしたに

みかぐらや神のこころにかなひけむあさ庭清く初雪のふる

都歳暮

みやこ人みよのはじめとおもふにも年のまうけにいさみたつらむ

養蚕をはじめけるころ

かりそめにはじめしこがひわがいのちあらむかぎりと思ひなりぬる

こがひ—蚕飼。『御詩集』の部明治四十一年の御詩「養蚕」を併せ読まれたい。更に、大正天皇の大正元年の御製詩「養蚕」をも御参照願ひたい。

大正三年

社頭杉　御会始

天の戸はのどかにあけて神路山杉の青葉に朝日さすみゆ

かけわたすあしたの雪の白ゆふにみどりも清きひろまへの杉

若水

大庭の松のこのまのはつ日かげ水にうつしてくむあしたかな

挿頭梅

鶯もさそはれぬべしまひ媛《ひめ》のかざしのうめのあかぬいろ香に

春霜

朝戸出の庭の春風なほさえてしばふの上は霜ましろなり

新年になりて旅しける折

ことほぎの人のくるまもまれにしてかどしづかなるたびやかたかな

海辺にありけるころ炉辺新年といふことを

うからどちゐろりかこみてあま人は年のいさりのさちかたるらむ

いさり―漁をすること。古くは「いざり」。書陵部版には濁点は付されてをらず、実際は「いざり」「いさり」何れに詠み給ひしか、さだかならず。後出の「いさり火」も同様。

春雪

降りつもる雪のしたよりとけそめてはるをささやく軒の玉水

暮山鴬

鴬のこゑばかりこそのこりけれかすみにしづむゆふぐれの山

春月

梅が香も身にしむばかりかをりきてかすみにしづむはるのよの月

三月八日庭に鴬なきける日こもりゐたる
萬里小路幸子の参りければ

うぐひすやそそのかしけむ春さむみこもりし人もけさは来にけり

註―これは貞明皇后の御歌として此処に収録されてゐるが、実は大正天皇の御製に相違なからうといふ事は『天地十分春風吹き満つ』の「示萬里小路幸子」（大正四年）の参考欄に記してあるので御参照願ひたい。なほ、前著刊行後更に精査した処に依ると、「大正天皇御製歌集第三次稿本」の宮内庁書陵部の索引カードには〝台覧本〟と明記されてゐる。つまり貞明皇后は確かに稿本の御製集も御覧になられ、その中に此の「うぐひすや」の作が有り、大正天皇御製に相違ない事は明白である。
　それに就けても『大正天皇紀』の公刊が為されてゐれば、更に、現在非公開とされてゐる『貞明皇后実録』が公開されてゐれば、さうすれば事情はより明確となるであらう。

落花

ふくかぜはさそひそめけりさくら花うつろふいろもいまだ見えぬに

宣戦布告のありて後おこなはれける提灯行列を

万代のこゝにぞしるきまごころのあかきほかげは目に見ざれども

宣戦布告―八月二十三日。第一次世界大戦の際の対独宣戦布告。

秋に入りてさける朝顔の花を

なかなかにあはれはふかし秋の日をうけてしぼまぬあさがほのはな

十月三十一日天長節祝日に我が攻囲軍の今暁より一斉に砲撃を開始しける由の号外をみて

おほきみのみいつのもとに軍人《いくさびと》かちどきあげむ時ちかづきぬ

註―青島《チンタオ》の独軍本防禦陣地に対する砲撃。『天地十分春風吹き満つ』の「聞我軍下青島」（大正三年）他を御参照願ひたい。

十一月七日青島の陥落しける由をききて

日のもとにたふときものは大君のみいつと神のまもりなりけり

初冬時雨

しひの実の落ちたる庭の通路《かよひぢ》にしめりのこしてゆく時雨かな

筏上霜

さしくだすいかだましろに霜みえて朝風さむし木曽の山川

雪中松

一つ松こよひは雪につつまれて冬の寒さもしらずがほなり

寒夜埋火《うづみび》

みぞれふる音もやり戸のよそにして梅が香くゆるよはの埋火

やり戸――遣り戸。「引き戸」のこと。

浦千鳥

袖のうらの月にむらがるともちどり波のたえまの声ぞさやけき

池水鳥

水とりもいのちのつばさきられてはなみなきいけもすみうかるらむ

蚕糸会に

たなすゑのみつぎのためしひく糸の長き世かけてはげめとぞおもふ

たなすゑのみつぎ――古事記中巻、崇神天皇の条に見える「女《をみな》の手末《たなすゑ》の調《みつき》」で、女性の手先から織り出した貢納品であるが、古代の女性達が織つてゐた先例のやうに、の御心であらう。又、「長き」を引き出す為の序詞でもある。

大正四年

海辺梅雨

あま人のかるもほす日やなかるらむはれまも見えぬさみだれの浜

寄竹祝

ここのへのみそのの竹のふしごとにこめてぞいのる君が八千代を

松風涼

庭くさに水そそがせてまつかぜの音ききをれば夏なかりけり

すずの音に軒の松かぜかよひきてすだれうごかす夕べすずしも

菊花始開　天長節

さきそめし菊のひと枝ささげつつ君が千とせをいはふけふかな

大正五年

寄国祝　御会始

神かぜのい勢の浜荻まねかねどしたひよるらしよもの国々

岸竹

露ふくむ岸のわか竹うちなびきあしたさやけき川ぞひの道

いさり火

海のさちあけは浜辺をうづみなむ沖にみちたり夜はのいさり火

草花

うつされてみやこの秋になれぬらしさきまさりゆく庭の八千ぐさ

冬晴

紅葉《もみぢば》をさそふ風さへのどかにて夕日かすめる園のうちかな

折にふれて

すすはらひはててしづけき夕ぐれにあんらの木の実おつる音する

あんら―菴羅。マンゴー。

貧民

うゑになきやまひになやむ人の身をあまねくすくふすべもあらぬか

註―明治四十三年の御詩「歳杪即事」を併せ読まれたい。

大正六年

遠山雪　御会始

やしまの海こえてはるけき山々のゆきにもしるしみよの光は

年のはじめに雪のふりければ

おほ庭のまつのみどりをふかめつつゆたかにつもるとしのはつゆき

雪中灯

とうろうの石のかたちに雪つみてかげほのぐらし庭のともし火

春近

となりまで春のきにけむ中がきの梅の初花けさはさくみゆ

春たちける日

ふじのねはかすみのうちにきえはてて夕日かげろふ浜のしづけさ

二月九日のあさ雪ふりけるに

くもきれて日のさしわたる庭のおもにふりてはきゆる春のあわゆき

あわゆき―泡雪。沫雪。泡の消えるが如く融け易い雪。

雪ふりける日

尾が嶋もほのかになりて磯やかためづらしきまで春の雪ふる

註―皇后は一月二十二日避寒の為葉山御用邸に行啓（天皇は既に十二日に行幸）。『大正天皇実録』には還幸は三月十九日とのみあり還啓とは記されてゐないが、御一緒に還啓遊ばされたものと拝察仕る。「尾が嶋」は葉山御用邸の近く長者ケ崎附近の島。なほ「嶋」は「島」に同じで、本書は書陵部版の用字に従った。後出（大正九年）の「江田嶋」等も同様。

南御用邸にて

大庭のゆき間につめるつくづくし君がみかへりまちてささげむ

折にふれて

浜づたひ貝ひろふ手にゆくりなくちりかかりけり春のあわゆき

ゆくりなく―思ひがけなく。

春海

うちかすむ春の夕日をうけながらうかべる舟はわかめかるらし

老人

過ぎし世の事にあかるきおい人ののこりすくなくなるがさびしさ

里霞

あまのすむうらの苫やもみえぬかな松よりおくはかすみわたりて

閑話

たきもののかをりみちたるまどのうちはかたらひ草の花もさきそふ

寝覚鴬

うぐひすの初音を夢にききたりと思ひしことはうつつなりけり

梅の花にむすびつけて人のもとに

香をとめてまづとひきませ春の日もこころしづかにすめるわがいほ

行路梅

さばかりはいそぐともなき道なればこころゆくまで梅見てゆかむ

閑居夢

おきふしのやすらけき身のただならぬゆめにおどろく夜はもありけり

早春月

月影はまだかすまねど春立つとおもふからにやひかりことなる

いつしかもみいけのこほりとけぬらしうかべる月の影うごく見ゆ

春雨

庭さくらさきのさかりにふるあめはひと日やまねどいぶせくもなし

花下送日

おもはずも日数かさねつときおそき花をしをりに山めぐりして

水辺藤

むらさきの波よる池とみゆばかりみぎはのたなのふぢさきにけり

註―明治四十二年の御詩「池上藤花」を併せ読まれたい。

折にふれて

まさかりの花ふみあらすからすにも梢かすなりひろきこころに

雨中燕

つばくらめつばさしをれてわたりきぬ春雨けぶる軒のふるすに

残花

ひともとの花ぞにほへるこがひわざ見にゆくみちの青葉がくれに

こがひわざ―蚕飼ひ業。

滝辺蛍

おとばかりきこゆる山の滝つせをりをり見せてとぶほたるかな

渓菊

みづかれしほそたにがはの岩がねにやせてもさける白菊のはな

晩鴉

おほとののむねにとまれる夕鴉あすのみそらの日よりをやみる

寝覚のしぐれ

さよふかきしぐれの音にねざめしてあけゆく山のもみぢをぞおもふ

大正七年

海辺松　御会始

いそちかき山よりみればめもはるに松こそつづけうらのまさごぢ

めもはる─目も遥《はる》に。目の届く限り遥か遠くまで。

寒月

おとたてて雪げの雲を吹く風にものすごきまでさゆる月かな

折にふれて

桜ばな芝生ましろにちりしきてみそのしづけしきじのなくこゑ

慈恵会に

うつくしむなさけのつゆを民草にもるるくまなくそそぎてしがな

慈恵会─明治八年海軍軍医高木兼寛は英国留学中に、貧困者に無料で治療する施設の充実してゐる事に感心し、帰国後十五年「有志共立東京病院」を設立。皇室は金六千円下賜。其の後、「有志共立東京病院」は「東京慈恵医院」と改称、皇后陛下の庇護の下、愈々その業務を

拡張するに至つた。（明治神宮編『昭憲皇太后さま』より要約）

ところせき―（皇后といふ立場上）周囲の状況への配慮もあり、自由には振舞へない。

病室にて後よりわが動作に目をとめて見る人のおほきに

ところせき身にしあらずばやむ人の手あしなでてもいたはらましを

萬里小路幸子の追悼に夕梅雨を

さみだれにいとども袖をぬらすかなゆふべの雲となりし君ゆゑ

やり水

木のまもるみ空の星のかげふけて夏をよそなるやり水のおと

夏芦

朝風にさざれなみよる入海のあしのわか葉の色の涼しさ

くれゆく庭に虫なく

村雨のなごりすずしき夕ぐれのにはのくさむら虫のねぞする

寒樹

鳥もゐぬくぬぎばやしの冬がれに寒き夕日のさしとほしつつ

おちばたくけぶりましろに立つ見えて木の間あかるき冬枯の森

落葉

こがらしにふきたてられて中空にあがるおちばのおもしろきかな

大正八年

朝晴雪　御会始

天地のわかちみえきてこの朝けすがすがしくもはれし雪かな

社頭鶏　紀元節

みひかりをみちびきいでしそのかみをいがきのとりにしのぶけさかな

みひかりをみちびきいでしそのかみ—天照大御神が須佐之男命の暴虐を怒り、天石《あめのいは》屋《や》戸《ど》に籠ってしまはれ世界中が真暗闇になつた時、天照大御神の御出ましを頂く為に、その神事の最初に常世長鳴鳥《とこよのながなきどり》（常世—理想郷—に夜明けを告げて鳴き声長く、高く、美しく鳴く鳥—鶏）を集めて鳴かせた、と言ふ遠い遠い神代のお話。

いがき—忌垣。斎垣。神域抔に廻らされた垣。「い」は神聖の意味の接頭語。

渡春雨

くさつみてかへるをとめが船をまつ野路のわたりにこさめふりきぬ

花盛

大方の人の心も空にのみうくとぞ見ゆる花の盛は

春草

こまならぬ人の心もつなぐらむ色なつかしき野辺のわかくさ

夏池

かうほねの花もこがねにさきいでて池のおも青くぬなはうくみゆ

ぬなは——「蓴菜《じゅんさい》」の古名。

東宮の御誕辰に

のびたちて千代のいろなるこの君のむかしの春をおもひいでつつ

東宮——後の昭和天皇。大正天皇御製詩「皇后宮台臨恭賦」（明治三十四年）を併せ読まれたい。

水鶏

すずしさにはしゐしをればみ堀江のくひなも月になく夜なりけり

夏灯

かぜわたるをすのひまより灯火の影のゆらぎてみゆるすずしさ

をす——小簾。葦、竹などで編んだ「すだれ」。「を」は接頭語。

かろく吹く風にゆられて軒なみのともし火すずし川づらの里

百合薫

高殿のをすふきあぐる山かぜにさかりの百合の花の香ぞする

秋水

掬ふ手のうすらつめたくおぼゆるは水の心も秋になりけむ

秋霜

ゆく秋の夜さむしらせて大宮のいらかにおける今朝の水霜

水霜——露。霜の形を成さない冷たい露。

大正九年

田家早梅　御会始

あたたけき田づらの里は冬ながら日かげかすみて梅かをるなり

川残氷

枯芦もまだ角ぐまではま川のきしの氷のとけぬ春かな

海上春風

葉山の海汐のひがたをゆく袖もかへさぬほどの春のあさかぜ

雨中梅

紅のうめさく庭は春雨のけぶる夕べもあかるかりけり

磯春月

海苔とりしあまもかへりておぼろよの月しづかなり磯の岩むら

川辺桃

舟あらば川のもなかにいでて見む花さかりなる桃の一村

こたび高松宮の海軍に志して江田嶋《ママ》なる兵学校に入学し給ふにさきだちて伊勢神宮にまうで給はむとするにいささか心におもふ事どもつらねてそのはなむけに参らす

大神のみまへをろがみちかひませおもひたちたることをとげむと

高松宮―大正天皇の第三皇子。『天地十分春風吹き満つ』の「示高松宮」（大正二年）を御参照願ひたい。

落葉

庭もりがいまはきをへしつぼのうちにたえまもおかずちる紅葉かな

つぼ―壺（坪）。宮中の殿舎の中庭。

大正十年

社頭暁　御会始

つたへきく天の岩屋もしのばれて暁きよしいせの神がき

天の岩屋―天照大御神が籠り給ひし高天原の岩窟。「天石屋」「天石窟」の表記もある。

春氷

わかあしのめぐみそめたる川ぎしに冬おもほゆるあつ氷かな

香魚

つつじさく片山かげのいささ川数さへみえてあゆ子さばしる

夏草風になびく

夏の野のはかぜに小草浪たちて青海原のここちこそすれ

夏蝶

水いろのすずしの羽袖たたみつつ蝶こそとまれ撫子の上に

虫売

地蔵会のにぎはひはてし夏の夜に始めてきこゆ虫売のこゑ

尾花

むさし野をしのぶよすがにうつしうゑて尾花の露に月をこそまて

杉

山ながらいつきまつれる神やしろ杉の木立も尊かりけり

註―大正三年の御製詩「古祠」を併せ読まれたい。

池辺霜

をしがももはらひわびてやあかしけむみ池のつつみしもましろなり

嶋

がまごほり入江の波も静かにてゆたかにうかぶ亀の嶋みゆ

田家雪

心なくふれる雪かな賤の男がかりのこしたるおくて田の上に

河上水鳥

かれあしの霜ふきちらす川風にたちさわぐなり鴨の一むれ

大正十一年

旭光照波　御会始

大八洲めぐれる海の朝なぎになみ路くまなくてらす日の影

あを海原なみをさまりてのぼる日にむつみあふ世のさまをみるかな

明治天皇御集、昭憲皇太后御集編纂なりて上奏しける時
御かたへに侍りし山縣顧問の心尽しを

ならびます神のみひかりあふぐにもまづこそおもへ君がいさをを

山縣顧問―山縣有朋。『明治天皇御集』は大正五年十月から同八年十二月迄かかつて編纂され、山縣公は宮内省に設けられた明治天皇御集臨時編纂部の顧問であつた。この年二月一日歿。行年八十五。

太宰府神社にて御手植の梅を

つくしがたふく春風に神そののはやしの梅は香に立ちにけり

註―明治三十三年、東宮の御時行啓遊ばされた。『天地十分春風吹き満つ』の「箱崎」（明治三十三年）を御参照願ひたい。

貞明皇后は大正天皇の不予平癒御祈願の為並びに大正十年の皇太子殿下英国等巡啓に際し、その平安を香椎宮、筥崎宮、太宰府天満宮に御祈願あり、その報賽の為三月九日より九州に行啓、この月三十日還啓。その折の御歌と拝される。

雨の夜に花をおもふ

桜花今しさかりになりぬるをねざめし窓に雨のおとする

春雨はよきてふらなむちりもせずさきものこらぬ花の上には

航海

瀬戸の海三原の沖の朝なぎに小嶋ぬひゆくふなぢたのしも

註―前記九州行啓の帰途、お召艦攝津にて江田島の海軍兵学校に行啓。高松宮殿下と御対面。兵学校にて分列式等台覧。途次には厳島神社、住吉神社にも御参拝。又、呉の海軍工廠、広島大本営跡、更に軍艦の戦闘教練をも台覧。その折の御歌と拝される。

みそのの小松の下にすみれさきいでければ

雨風を松にさけつつ花すみれゆかりのいろを深めてぞさく

暁蛍

木のもとはあかつきやみのふかければよひにかはらず蛍とぶなり

夏簾

氷うる店すずしくも見ゆるかなすきとほりたるをすにいとども

三條實美

時のきてさきいでにける梨の花こと木にまさる実をとどめけり

三條實美――明治の元勲。天保八年に生れ、明治二十四年に歿す。父實萬と共に梨木《なしのき》神社（京都。旧別格官幣社）に祀らる。

こと木――異木。他の木。

夏苔

物みなのかわきはてたる夏の日も谷の苔路はなめらかにして

夜のむし

ほしあひの七日の夜のつゆけさに虫の鳴く音も数そはりつつ

大正十一年九月淳宮の御成年式行はせられて秩父宮家の御創立あり又士官学校御卒業とともに近く御任官あるべきにつきて寄山祝といふことを

大宮のちよのまもりのちちぶ山あふげば高し八重ぐもの上に

淳宮―第二皇子淳宮《あつのみや》雍仁《やすひと》親王。

秋雨

まきの葉に音たてててふる秋のあめいまいくかありて山をそむらむ

杖

つぎつぎに鳩の御杖をゆるされて世の長人《ながひと》の多き御代かな

鳩の御杖―上部に鳩の飾りの付いた杖。鳩は食べる時に噎せないと言はれるところから、古来、功労のあつた老臣に下賜された。鳩杖《はとづゑ》（「きうぢゃう」とも）。宮中杖。

長人―長命な人。

松下菊

神がきの松のしづくにぬれぬれてひかりことなる白菊のはな

社頭落葉

広まへにかぜのまはするもみぢばをあなおもしろと神も見まさむ

註―この二首、十一月伊勢神宮、伏見桃山御陵等に御参拝。その折の御歌か。

千鳥

つりふねもかへりつくしし浜川の夕月しろく千鳥むれたつ

十二月初巳里なる周宮のみもとに

平かにみ船つきぬといふ聞けばわがねぎごとのかひはありけり

周宮―明治二十三年御誕生の、明治天皇第七皇女。周宮《かねのみや》房《ふさ》子《こ》内親王。北白川成久王妃。この頃、成久王のフランス留学の御供をされた。戦後神宮祭主等に就かれた北白川房子様。昭和四十九年薨去。

大正十二年

暁山雲　御会始

あかつきのきよき心にあふぐかな朝熊山《あさくまやま》の峯の白雲

朝熊山—今は多く「あさまやま」と読まれてゐるやうであるが、『続拾遺和歌集』の荒木田延季の作に「跡垂れていく代経ぬらむ朝熊《あさくま》やみ山を照す秋の月影」とある如く「あさくまやま」とも呼ばれてをり、又、朝熊ケ岳とも称される。三重県伊勢市と鳥羽市とに跨る標高五百五十五メートルの山。

残雪

春たちて梅さくそののかたすみにおもはゆげにも雪の残れる

松間鶯

大神やまづきかすらむよよ木野の松の木のまのうぐひすのこゑ

鶯の千代の初音は老松の梢よりこそ聞えそめけれ

うぐひす

春の日のながきつつみの柳かげこゑもかすみてうぐひすのなく

隣柳

わが窓も春はみどりにけぶるかな隣の柳もえいでしより

折にふれて

桜さく千葉の牧場になれなれて牛もいくらの春かへぬらむ

千葉の牧場―宮内省下総牧場。当時の千葉県印旛郡遠山村三里塚に在り、一部は山武郡にも跨り、馬、牛、緬羊、豚等が飼育されてゐた。

竹間鶯

鶯はふしも正しくうたふかなかぜのみださぬ竹の林に

折にふれてよみおきける歌のうちより女子の学校にとて

久方のつきの桂はをりえても心の鏡なほみがかなむ

つきの桂―支那の伝説にある、月に生えてゐるといふ、高さ五百丈の桂の巨木。「久方の」は天、月等にかかる枕詞。「月の桂を折る」は「科挙の試験に合格する」（晋の郤詵《げきしん》の故事）からして「学問の成果を挙げる」こと。

新世《あらたよ》の学びの道にすすむともむかしのあとを忘れざらなむ

山家

たまさかにとひこし友を柴の戸にまづむかふるはましらなりけり

春山

いはみのや高津の山にたつ霞むかしの人の袖かともみゆ

いはみのや高津の山―柿本人麿を祀る柿本神社（旧県社）の鎮座地島根県益田市高津町の山。「高津山」といふ名の山は無いが、柿本神社の鎮座地のすぐ側に丸山といふ小高い所がある。「むかしの人」は柿本人麿であらう。この柿本神社は皇室の御崇敬篤く、大正の御代には、天皇は幣帛料金百円並びに『明治天皇御集』を下賜あらせられた。

折にふれて

うつぶしてにほふ春野の花すみれ人の心に移してしがな

帚

あさまだきはきて清むる手ははぎの音はねみみによきものにして

帚――「はうき」。「ははき」とも。「手ははぎ」は、片手で扱へる程の小型の帚。

水声

くろがねのつつの中道かよひきてみそのにたえぬ水の音かな

残鶯

夏来ぬところもがへするをすの外に老鶯の声ぞきこゆる

世はなれし山のみ寺をとひくればのこる桜に鴬のなく

更衣

ぬぎかへし衣の袖をむすびあげてこがひいそしむ時はきにけり

新竹露

つゆの玉葉すゑずゑにおくみえてわか葉涼しき今年生の竹

四月二十三日有泉助手とともに養蚕所につめたり

一年は早くもすぎてこがひわざまたはじむべき時はきにけり

有泉助手―有泉善三。詳細は不明なるも、埼玉県出身、昭和二十三年（七十余歳）には現役の紅葉山御養蚕所の飼育主任。

五月五日養蚕を始めて

あたたけくはれたる空に心よくおちゐてけふは蚕もねむるらむ

六月三日養蚕所四号室にて

いとなさにおくれぬといふ床がへをたすくるほども楽しかりけり

いとなさ―いと（「いと」は「暇《いとま》」）の無さ。

養蚕につきて

わが国のとみのもとなるこがひわざいよいよはげめひなもみやこも

上蔟後に

日頃へてそだちし蚕等のまゆのいろ光あるほどうれしきはなし

上蔟《じょうぞく》―繭を作る直前に迄成熟した蚕を蔟《まぶし》（糸を掛け易いやうにした仕掛け）に乗せること。

やしなひし時のいたつきかたりつつまゆかくさまの賑はしきかな

五月十六日紅葉山のあづまやのさうじ半ば開きたれば

とのもりがなかばとざさぬ心さへ見えてうれしき岩つつじかな

紅葉山―皇居内の紅葉山は御養蚕所の在る場所であり、『皇后さまの御親蚕』（平成十六年扶桑社刊）には紅葉山御養蚕所を「日本の絹の聖地」として紹介されてゐる。

さうじ―障子

瀑布

谷かげの丸木のはしを渡りきて仰げば高しみねの大滝

海老

桜えびほしつらねたり白妙の浜のまさごもにほふばかりに

観蓮

なやましき夜半をすぐして池水のすめるこころにはすの花見る

なやまし―「病気」の意味もあるが、此処は「気分が優れない」。

夏新室

ところえて清く涼しき新むろは間毎に夏をいれぬなりけり

峠松

旅人をおくりむかへてひとつ松山の峠に幾世へぬらむ

夏夜

閨のうちの夜のあつさぞたへがたきひるはなかなか風も入りしを

櫛

黒髪もみづぎはたちて見ゆるかな少女かざせる玉の小櫛に

笛

里かぐらこころみる夜としられけりふくるまで吹く賤の横笛

籠

人めにもふれぬ深やまのあけび草手かごとなりて世にもいでけり

泉

すずみとる夕の庭の岩清水月かげながらむすびつるかな

故郷虫

ふるさとのまがきのはぎをみむと来てかはらぬ虫のこゑをきくかな

畑茄子

畑もりのをぢのほほゑみさもこそとおもはるるまで茄子のみのれる

残暑

にし側のすの子に日かげさし入りてのこるあつさのまさる秋かな

露浅

朝日かげさすとみるまに草の上のつゆのけぬるは浅きなるべし

庭萩

おりたたむ心もいでぬ秋のきて庭のま萩の咲きそめしより

初秋湖

山桜初もみぢしてみづうみの風ひややかになれる秋かな

野残月

風さむみ薄ほほけし秋の野に淋しく見えて月ぞのこれる

絹

いかばかりこころをこめておりつらむ御けしのきぬの光たへなる

はがき

まだしらぬ遠き名所一ひらの葉がきに見るも楽しかりけり

折にふれて

空色のからあぢさゐの花ざかりたつ秋だにもしらず顔なり

初秋雨

新しき植木のたなのぬれいろにすずしさ見する初秋の雨

村雨のそそぎし庭の夕しめり虫のなくねも秋になりぬる

折にふれて

野わきたつ風もなければ秋萩の花のさかりも久しかりけり

霧たちて夕べをぐらき庭のおもにあかるきものは尾花なりけり

かりみやにありけるころ

をすの外にこぼれいでたる小うちぎの袖口ゆかし秋草のはな

小うちぎ――小袿。女房装束の一種。「こうちき」とも。

草花

滝みむとのぼる山ぢのせまきまでさきつづきけり秋草の花

猪

くもが畑雪のかり場の手おひししさつをも身をばさけむとすらむ

くもが畑――意味不詳。筆者は「しも（霜）が畑――一面に霜のおりた畑」にあらずやと思ふ。つまり「く（久）」と「し（之）」、「久」と「之」とは、その崩し字（平仮名）の成立段階において非常によく似てゐる段階があり、拝写の際に「し」とすべきを「く」と誤りたるにやと思はれるのである。但し書陵部版は素より各種稿本も全て「く」となつてゐる。なほ、第四句「さつを」は主婦の友社版では「さへを」とあるがこれは誤り。「さつを（猟師）」である。

霧中草花

はるかなる野べの花ともみゆるかなうす霧たてる庭の秋草

社頭菊

稲荷山あけの玉がき神さびていよいよ清し白菊のはな

稲荷山―旧官幣大社稲荷神社の鎮座地（京都市伏見区）。

十一月二十三日の御夜深しに数よみしける歌の中に冬暁

ねやの戸のひまもる風のつめたさにあかつきおきのたへがたきころ

同霜

朝しもや深くおくらむゆきかよふ人のくつおとさえてきこゆる

同星

月もなきやみの夜空にかがやけるほしの位のたかくもあるかな

同故郷

ふるさとのまがきこひしく思はれつ雪のあしたに月の夕べに

折にふれて

すみわたる空やはらげて薄ぐものところどころにあるもまたよし

朝日さすみそのに遊ぶむら雀かなしきものの一つなりけり

寒夜霰

さらぬだにちぢぶねおろし寒き夜をあれし都に霰ふるなり

震災のあとのことども見もしききもして

きくにだにむねつぶるるをまのあたり見し人心いかにかありけむ

もゆる火の力に風のふきそひてのがるるみちもたえはてぬとか

震災—この年九月一日に発生した関東大震災。

避難者の身に水をそそぎて辛くして火を免れしめし警官の却りておのが身のやかれて命失ひけるよしをききて

まごころのあつきがままにもゆる火の力づよさもおぼえざりけむ

天長節祝日にバラック天幕にも国旗をかかげけるよしきゝて

たらはぬをしのびてすめる板屋にもみ旗かかげて民の祝へる

天長節祝日―大正二年以来、十月三十一日を天長節祝日の代日とされた。

病院巡視中の所感

よろこびのふかき心は病人の落すなみだにあらはれにけり

註―関東大震災の折の一連の御歌を拝したが、貞明皇后は九月三十日に日光より還啓、宮城にお入りになる前に上野公園の被災者収容所や各所の病院を訪ね慰問遊ばされた。翌日も病院御慰問、十月二日には病院御慰問の後、本所の被服廠跡に行啓、黙禱を捧げ給うた。十一月五日には横浜の被災地を御慰問。貞明皇后は九月三十日の還啓より、十二月十九日の沼津行啓迄の間、御慰問には被災者に思ひを致し寒さも厭はず夏服のままで通し給うた。その御慰問の行啓の折の御歌で『御集』には載つてゐない三首が主婦の友社版の御伝記『貞明皇后』に見えるので御紹介しておかう。

燃ゆる火を避けんとしては水の中におぼれし人のいとほしきかな

生きものににぎはひし春もありけるをかばねつみたる庭となりたる

くしのはと立ちならびつる家も倉もたきぎとなりし夜のはかなさ

大正十三年

新年言志　御会始

あら玉の年のはじめにちかふかな神ながらなる道をふまむと

餅

九重のくも井のおくにひらけたるひしはなびらのもちひうるはし

折にふれて

なりはひをやすむ日やいつあら玉の年たつけさも船出する海人

一月十九日歌御会始に権典侍竹屋つね子の歌えらばれて大まへに披講せられけるよし去年ことしとうち続きて女房の歌選に入りける嬉しともうれしき限りなり即ちつね子の奉りける歌「わか水を神にささげていのるかな我があやまちのすくなかるべく」といふによりて

わか水をささげていのる心をば神もよみしてえらばしめけむ

春氷

きのふかも梅のかげみしみかは水またこほりけり春のさむさに

寒江月

風もなき入江にとまる苫船に薄ゆき見えて月ぞふけゆく

をしどり

夜ひと夜のふぶきはやみて日影さす池のほとりにをしのねむれる

寒雨

めづらしく氷の花もさかせけり冬木にふりしあかつきの雨

旅中早春

山畑のむぎのみどりもいやまして旅のながめも春になりぬる

忙

御子たちへ文のかへしの走りがきせはしきなかに嬉しさもあり

文—手紙。此処を主婦の友社版は「父」とするが、行書体の読み誤りであらう。皇后陛下が親王殿下を「御子」とされ、天皇陛下を「父」などと詠まれよう筈がない。書陵部版は素より各種稿本に照らしても明瞭に「文」である。

庭猫

ゆかしたに生れし子猫庭にいでてまりにたはるるほどとなりぬる

神詣

大み手にすがらむとしてまゐのぼるわが心をば神ようけませ

わか草ところどころ

立ちまよふ霞ふきとく春風にむらむらみゆる野べのわかくさ

春風

よのさまもうち忘れつつ草つむとほてりし顔に春風ぞふく

夕鶯

たそがれのうら淋しさも忘られぬふしおもしろき鶯の音に

暁星

うまやをばあかつきすぐるきさの音のきえゆく空に星一つ見ゆ

きさ―「さ」は「しゃ」。即ち「駅《うまや》をば―汽車《きさ》の音《ね》の」。因みに主婦の友社版の御伝記『貞明皇后』に、澄宮（三笠宮）御幼少の砌、母宮と御対話なされたものが書き残されてをり、その中に「サミセン」が見える。これは「三味線」であらう。

釣

川中のいはにひねもす身をおきてつりする人の心ながさよ

琴

少女子《をとめご》の弾く手妙なる琴の音に松の風さへ吹き止みにけり

深夜春雨

ねざめして嬉しとぞきくもえいでむ小草そだつる春雨のおと

以歌護世

皇神の道のまことをうたひあげて栄ゆく御代をいよよ守らむ

＊この御歌に就いては特に筧克彦博士の『大正の皇后宮御歌謹釈』よ

り、その謹釈部分は略し「註」の部分のみ全文御紹介しよう。漢字は旧字体を新字体に直し、適宜ルビを付した。

信仰に無関心なりし時代には、道を詠ずる歌は道歌なり、道歌は嫌味のあるもの真の歌に非ずなどと言ひふらす者も多かつた。道の体験に趣味もなく理屈又はドグマ儀礼を道と心得、徒に宣伝の目的を以て三十一文字を並べた言葉も古来少なしとはせぬ。然し心のまことより出でたる道の歌を一概に排斥することは大なる僻見といはねばならぬ。要は心のまことの有無其の深浅によりて歌の価値を決定すべきもので、其の題目の如何を標準とすべきものではない。然らば心のまことに於て如何なる歌が一番徹底するものかといえば《ママ》、主観精神をも客観精神（自然精神）をも併せて統括する生命の根本に深く入り入る歌即超在し坐します高遠なる神に参上《まゐのぼ》り神の本質に参《ま》ゐ入《い》らんとさへする生活体験証得の歌を推さねばならぬことと思はれる。斯かる歌こそ有らゆる題材を詠《うた》ふものに根本的の基礎を与へ、活を入れるものである。之をドグマ宣伝のこと挙《あげ》の道具等と混同して考へるべきではない。

春鳥

たが家をはなれきつらむなれなれて桜の枝にあうむとまれり

あうむ―鸚鵡。大正六年の御製詩に「鸚鵡」が見える。

東宮の御よろこびごと平かにすませられけるにつけて
子たちと共にいはひて桃花契千年といふことを
もろともに千代を契りてさかえなむ春のみ山の桃のふたもと
東宮の御よろこびごと―御成婚（一月二十六日）。

春舟
いは木たくけぶりの末もかすみつつ入江のどかに船のいりくる

枕上聞鴬
梅の花ちるををしみしゆめさめて枕にきこゆ鴬の声

摘草
くさつみにあかず一日をすぐすかなゆくさきざきにあしをとどめて

江辺春月
とま船の火かげかすみてふくる夜の月かげあはし春の江の浦

喜

玉のごとみゆるうま子に祖父祖母も喜び足りて命のばへむ

のばへむ—「延（伸）ばふ」の連用形と助動詞「む」。（命）も延びることでせう、の意。

影

人の影ふみあひながらをさな子が月夜の庭にあそぶ一時

土筆

御園生に土筆はしげくのび立ちぬ足ふみいれむ所なきまで

かまもちて刈りとらまくも思ふまで丘べの土筆おひいでにけり

深山花

春風も知らでやすぎし奥山の杣ののきばにさける桜は

苔上落花

きはやかに色あらためし苔生にはちりくる花もここちよげなり

赤十字社

天つ日の光のごとき心もてひろくも人を救ひたらなむ

註―「たらなむ」は「足らなむ―（救ひが）十分であってほしい」。佐々木信綱『謹解本』には大正十四年四月日本赤十字社に御下賜の御歌が載る。「日本赤十字社に給へる―四方の国むつみはかりて救はなむ幸なき人の幸を得つべく」。同書附記抄出「大正九年、ポーランド孤児のシベリヤ引揚に際して、当時赤十字社最高の保護者といふ立場にをられた貞明皇后が御尽力せられて、三百名を越える孤児を御引受けになり、収容所だつた日赤中央病院へ御出ましになつて、親しく孤児に話しかけられ、また何度もお使で、御菓子などおくられたこともあつた」。

読史

皇孫《すめみま》に天降《あも》りまさねとのらしけむ大みことばのたふとくおもほゆ

皇孫に天降りまさねとのらしけむ大みことば―天照大神が瓊瓊杵尊《ににぎのみこと》

に降し給ひし勅《みことのり》（宝《はう》祚《そ》天《てん》壌《じやう》無《む》窮《きゆう》の神勅）「豊葦原《とよあしはら》の千《ち》五《い》百《ほ》秋《あき》の瑞《みづ》穂国《ほのくに》は、是吾《これあ》が子孫《うみのこ》の王《きみ》たるべき地《くに》なり。宜《よろ》しく爾皇孫《いましすめみま》就《ゆ》きて治《しら》せ。行矣《さきくませ》。宝祚《あまつひつぎ》の隆《さか》えまさむこと、当《まさ》に天壌《あめつち》の与窮《むたきはま》りなかるべきものぞ。」

梨花

朝雨のつゆもそはりて梨の花静けき庭に清くさきたり

そはりて—添はりて。加はつて。

しどみ

雛つれてきぎし遊べるみ苑生にしどみの花の紅にほふ

しどみ—草木瓜の別名。

首夏藤

うるはしくさししうら葉の陰にして春をのこせる藤なみの花

鮎

わか葉かげあかるくうつる谷川をむれつつのぼるあゆ子うつくし

雨滴
あづまやの軒よりおつる雨垂りを何心なく手にうけて見つ

雨中夏池
古池のはすの若葉にこのあした露おきそへて小雨ふるなり

夏花
紅のいろを深めて日ざかりにけふちくたうの花のさきたる

水辺百合
みそのふをながるる水にゆりの花涼しきかげをうかべてぞさく

日光にては時鳥の多ければ
時鳥しばなく声のきこゆなり都のあつさおもひやる時

また日ぐらしの声森にひびくを
かりみやの森をゆすりて夕さればなく日ぐらしの声ぞとよめる

雨すぎて夜の風涼し

木々の葉のちりをあらひし雨はれて涼しき風の夜に入りてふく

ともし火の光に露のきらめきて雨すぎし夜の庭の涼しさ

秋園

さし上る日かげにはえておくつゆのひぬまうつくし八千草の花

新雁

かまつかのまだ色あさきみそのふにはやもきこゆる初雁のこゑ

かまつか—これは秋に「まだ色あさき」と詠まれた御歌であるので「葉鶏頭」であらう。

行路

ゐやまひて子らがむかふるゐなかみち学びやちかくなりやしぬらむ

寄田祝　天長節

丘といふをかの上まで田になりて瑞穂のくにの栄えしらるる

蜻蛉

ここちよき日にやうかれし花かめのすすきの穂にもあきつまひくる

虫声満苑

花ぞのの千草はきりにおほはれて虫の声のみさやけかりけり

鯉馴

したしめばいつくしきかなものいはぬいをの心もわれにかよひて

秋夕催涙

みそらとぶ雁も涙をさそひけりゆふべの窓に物思ふ時

秋夜思親

秋の夜の長きゆめ路にあひみむと恋ふる心をしりますか父

鼓

なりどころあるじや来つる松風の声にかよへる小つづみの音

折にふれて

椎の実のおつる音して秋風のそぞろ身にしむ朝戸出の庭

さむくふく夕べの風に菊つくる人のしはぶく声のきこゆる

夜木枯

幾度かねざめてききつ木がらしにふかれておつる木々の葉おとを

あられさへふきもたらしてみそのふによすがらあるる木がらしの風

ものすごく木がらしすさぶこよひかなあんらの木の実おちやつくさむ

大正十四年

山色連天　御会始

むら山は空のみどりにかよへども富士のみしろし雪のつもりて

寒梅

春またでうれしく梅はさきにけり猶つららゐる軒のつまにも

稲荷のやしろに初詣して

こぞのくれささげしあけの新鳥居くぐりてけさは初詣する

こぞのくれ—前年十一月二十七日より十二月十一日の間、天皇の不予平癒御祈願の為京都方面に行啓、伏見桃山陵に御参拝。又、神社仏閣にも御参拝遊ばされた。「稲荷のやしろ」は伏見稲荷大社であらう。

高松宮の御成年式に水辺松を

有栖川いよいよ清くすみましてきしの松が根ゆるがずありこそ

註—「高松宮」と「有栖川」に就いては、大正天皇御製詩「示高松宮」

（大正二年）を御参照願ひたい。

羽根

少女子のわらひさざめく声すなり羽根つく音の絶え間たえまに

海路霞

われもまた霞のなかにつつまれぬ船路のどけきせとの内海

山家梅

寒からで見る目もあかず山もとのいほりの梅の花の白雪

幼稚園

二葉よりをしへのそのにうつされて御代の光をあむるわかくさ

春夜

酔ひしれし人のとよみもしづまりて都の春も夜はしづけし

竹林

ながをかの都のあとをとひくれば竹林のみしげりあひつつ

ながをかの都―桓武天皇の御代、延暦三年（皇紀一四四四年）より十年間今の京都府向日市と長岡京市の辺りに置かれた都。

習字

むづかしとおもひながらも習ふまにもじの心も得られ行くかな

筆とれば時のうつるも忘られて手習ふわざぞたのしかりける

梨花

立ちならぶ松のみどりにかこまれて棚ましろにも梨の花さく

林間花

小鳥なく林のおくにうれしくも二本ばかり花のにほへる

在郷軍人

わがさとにかへりていよよ固むらむみくにを守るやまと心を

在郷軍人――平時は生業に励み、一旦緩急の際には応召し国防の義務を負ふ予備役、退役、後備役等の軍人。

筍

春さむき店にならべる竹の子は土のふすまやこひしかるらむ

薔薇

垣のばらいろさまざまに花さきぬみそのの空もかをるばかりに

夏井

ものひやすほり井の水にわが身さへひたさまほしく思ふころかな

老杉

にはか雨さけて旅人もやどるらむうつろのひろき道の老杉

千種任子のために寄森祝といふことを

わかみどり千年をまつの森山に高きみさをのいろは見えけり

千種任子《ちくさことこ》──花松の典侍。明治の御代には権典侍。大正の御代に典侍、女官長。

冬山

老松のみどりのいろも冬めきて淋しくたてり大ひえの山

大正十五年

河水清　御会始

さくすずのいすずの河のすゐくみてにごりにしまぬ大八洲人

寒月

くまざさの上なる霜につめたさをかさねて月のふけわたるかな

机

ふづくゑのひききにむきてすわりたる心はことに静けかりけり

名所雪

びはの海はうすきみどりにみえそめて雪にあけゆく比良の遠山

商店

美しくかざり立てつつかふ人のこころをそそるあき人の店

二月二十六日紅梅印の君に付けて御息所様
への文のはしに

うつくしきこそめの梅の初花に春のみ山の栄えしらるる

春にふるけしきばかりの白雪はまつにとまりてはやとけにけり

紅梅印の君―「君」は皇太子妃、皇族の妃等を指す言葉。此の場合は後者であらう。御本名は不詳。

御息所《みやすどころ》―之も皇太子妃、皇族の妃を指す言葉であるが、此処は前者であらう。大正の御代の皇太子妃は後の香淳皇后。

新鴬

水ぬるむみ井のほとりの梅さきてわが窓ちかく鴬のなく

鐘声

にぎはしき都にありてきけどなほ淋しかりけりかねのひびきは

春風寒

うぐひすの梅をたづねてなく朝もまだ霜おきて風のつめたき

雲雀

あさ月のかげうすれゆく大空にたかく上りてひばりなくなり

社会事業の中なる児童保護といふ事を

すなほにもおひたたせなむ竹の子のふしはただしくもたせながらも

ほたる

九重の雲の上までのぼりきて志賀の蛍の夜もすがら照る

暁蝉

朝がほの花みにいづるあかつきの庭木にはやもせみの声する

草庵秋

野分たつ風にすすきも折れふしてあらはになりぬ草のいほりは

庭鶴　天長節

吹上のみにはの鶴の千代よばふ声おましまで高く聞ゆる

おまし—御座。御座所。

秋霜

ふじのねのいただき白く雪みえてみやこの秋に初霜のふる

大正年次不詳

船中時鳥

あゆかると船さしくればほとゝぎす川上とほくひとこゑを鳴く

あゆかると―鮎狩ると。鮎漁をしようと。
さし―動詞「さす」の連用形。「さす」は「(船を進める為に) 棹をさす」。

恵の雨

青柳のかげふむみちの夕月夜いづこともなく琴の音ぞする

おそろしと思ひながらも見おろせば卯の花さけり谷の岩かげ

うららかにすみわたりたる遠山はさびしき秋の色としもなし

へだてなく師も教へ子も待ちかねて歌の中道語りあひしを

中道―読み方は「なかみち」であらうが、意味は漢語の「中道《ちゆうだう》―中正（偏らず、正しい）の大道」。

われも人もいのちあるみをよろこびて日ごとの業にいざいそしまむ

かぎりなき世を照らします天津日の光にまさる光あらめや

遠つ祖み親のみたまやどしつる身をおろそかに思ふべしやは

神の道をしへのままに身をもちて御代守るべく尽さしめませ

国土をいとなみそめし大神の恵あまねき葦原のくに

天地の神をいはひて万民末の末まで皇国守らな

大神の恵の雨のかからずば青人草のしげりやはする

昭和三年

山色新　御会始

大君の御代のはじめのよろこびをあらたにみする山の色かな

春窓

窓の戸を立ちてひらけばまちけりといはぬばかりに梅が香の入る

禁庭花　天長節

白がねのをがめにさしてささげばやくもゐのにはのひざくらの花

天長節—昭和天皇は明治三十四年四月二十九日御降誕あらせられた。即ち昭和の御代の天長節は四月二十九日。今の「昭和の日」。

新竹

竹の子のめぐりにつもる皮衣いつの人まにぬぎはらひけむ

わかあし

川水にうつろふ雲も夏めきてみどりすずしき岸のわかあし

初夏庭

すずらんの花のみしろし夏の来てわか葉にくらき庭の木かげは

五月のはじめ古き御代御代のみかどの大御筆を拝みて

現世のわづらはしさをよそにしてみ筆のあとに一日したしむ

疲労

つかれぬとおもはぬながらつかれけむよひのうちよりまどろみしわれ

軍馬月に嘶く

さよふけて月かげひろき草の原いくさならすかこまの声する

註—佐々木信綱『謹解本』に昭和十二年十一月の長秋舎の歌会の御題「露営の馬」の御歌が見える。「とばりなきいくさのたむろ月ふけて夜風にゆらぐ駒のたつがみ」。「たつがみ」は「鬣《たてがみ》」の古語。

鳥声

こむ人をまつましづけきあづまやにたまたまきこゆにはとりの声

帆柱

入船のおもきつみ荷もおろされて松の上こす帆柱の見ゆ

秩父宮の御慶事に

世の人のこぞりて祝ふまごころをむなしくなせそ二もとの松

秩父宮の御慶事―この年九月二十八日旧会津藩主松平容保公四男恒雄氏長女、勢津子姫と御結婚遊ばされた。「勢津子」は「節子《せつこ》」であったが、同じ字では都合が悪いので貞明皇后が伊勢の「勢」と会津の「津」をとり「勢津子」と改められた由。

秋風寒

まどに入る朝風さむしまがね路の尾花も白く見えわたりつつ

山路月

すみのぼる月のあかるき秋の夜はせばき山路もあやふげのなき

月前雲

月よみの神の宮居をおごそかにまもるがごとくくものただよふ

秋田家

おくてをも刈りはじめたる小田人の垣ほにあかき柿ぞのこれる

かきほ―垣穂。垣根。

むら鳥も声にぎはしくわたりきて田づらのいほの秋ふけにけり

御大典の行はせらるる年の秋に菊盛といふことを

下草も花のかをりにつつまれぬ菊さかりなる九重の庭

御大典―十一月十日京都御所にて挙行された。

寒禽

霜柱ひねもすとけぬ庭のおもにおりゐる鳩の寒げなるかな

残菊

おく霜をいとふ日数やつもりけむやつれてのこるしら菊のはな

昭和四年

浅野長勲の八十八の賀に

あきらけくをさまる代より仕へ来てとしもほまれもたかき君かな

浅野長勲《ながこと》―旧安芸国広島藩第十二代藩主にして侯爵。貴族院議員。天保十三年に生れ、昭和十二年二月一日歿す。行年九十六。

あきらけくをさまる―「明」らけく「治」まる。

行路霞

物をうる小みせも遠くかすむみゆあしたのどけき川ぞひの道

故大森大夫のみめぐりに

秋の山のぼりゆくべきしをりともたのみしものを森の大木は

大森大夫―元皇后宮大夫大森鐘一男爵。昭和二年歿。

土筆

あら川のつつみの土筆臣の子が籠にあまるまでつみておこせつ

藤の宴　天長節

むらさきににほへる花の藤かづらかけてぞしのぶ春日野のもり

水村

かのはしにまはれば遠しわたるには船よりやする川口のむら

花のさかりに

あさ風にゆらぐさくらの花かげをおもひなげにもきじのあゆめる

庭もせににほひあふるる花ざかりここをとまりと春もしむらむ

日にそひて匂ひくははるさくら花あした夕べにみれど見あかぬ

雨はれし花の梢にうらうらとのぼるあさ日のてりたらひたる

花のちりそめしころ

おそるおそるまかる花ともみゆるかなふく春風のさそふまにまに

ささがにのいとにすがりぬ春風に梢はなれし花の二ひら

ささがに―細蟹。「蜘蛛」のこと（その姿が小さい蟹に似てゐるので）。

堤柳

ゆく船は霞に消えてのどかなる堤のやなぎうちけぶる見ゆ

雨中苗代

しめはへてゆだねまきたる苗代に清くも朝の雨ふりそそぐ

はへて―延へて。張り渡して。

四月十一日昭憲皇太后をしのびまつりて

みまつりの花火のおとを耳にして御筆のあとをしたひつるかな

みことばの一つ一つにこもりたるそのみこころぞたふとかりける

註―昭憲皇太后は大正三年四月十一日崩御あらせられた。

山家

新聞に都のさまを見ききして心しづかにすむか山人

首夏風

こがひしてほてりしかほをひやさむといづればすずし初夏の風

梅雨晴

夏草の葉ごとのつゆに朝日さしてさみだれはるる庭のあかるさ

暮林鳥

いづこにて友あつめけむくれのこる林をさしてつづくむら鳥

古寺新樹

古寺の庭につづけり門入りてわか葉をぐらき細道ゆけば

鞠の絵に

うちとけしまりのあそびに浮びけりをすのひまもる花のすがたも

かたつむり

かたつぶり雨のふる日もたよりよくいづくさしても家ながらゆく

捨子

ひろひあげてはぐくむ人のなさけこそすてし親をもひろふなりけれ

鶏声

市町のざわめきやみてまもなきにはやあけむとしにはとりのなく

鳥

御影どのに仕へまつらく思ふらむみはしにちかく小鳥きにけり

御影《みえい》どの―貞明皇后が大正天皇の御肖像画を描かせ給ひ、欠かさず拝礼し給ひたる御所内の御部屋。「貞明皇后御略伝」の項を参照されたし。

朝潮

朝潮ははやみちくらししきたへの枕にちかく波の音する

俚謡
ひなびたるふしおもしろく村々のむかしがたりをうたひつたふる

夏窓
夕立の名残のつゆをふきちらす竹の葉風の窓にすずしき

行路夕立
わが門に入ればはれゆく夕立になどかへり路をいそぎたりけむ

桑梓
とほつ祖のいつきしほこら其のままにのこるもうれし故郷の庭

海上雲
見はるかす海のあなたにたつ雲は何れの山をとまりとかする

蚊遣火
みやびたるかたにうつはのつくられて蚊火のけぶりもいぶせからずて

富

世の人にひろくたからをわかつこそまことのとみといふべかるらめ

夏夜市

あつさをも忘れて人のつどふらむ呼び声高き夏の夜のいち

夏畑

朝つゆのひぬまのいろのうつくしさ茄子も胡瓜も畑にみのりて

夜露

むしの音もさやかになりぬくさむらの露は夜ごとに深くなりきて

蛾

はらへどもよりくる虫はともし火にやかるる身ともしらずやあるらむ

虹

よびかくるわらはの声に空みればかけわたしたり虹の大橋

夏旅

いなづまの力車に窓あけてすずしく走る夏のなが旅

いなづまの力車―「いなづまの」は速いことを形容する詞。「力車」は重い荷を運ぶ大八車のやうな物を指す語であるが、此処では「力強く、速い、汽車」を指す語として用ゐられた。

夏花

紫の雲かとみえてみそのふにさきたる桐の花のけだかさ

夕顔

風鈴のおともたえしによひやみのかきねすずしき夕がほの花

麻

かり入るる時や来ぬらむ畑もせに青山なしてしげる麻の葉

江辺鷺

のりすてしあしまの船にたちながら入江の波を鷺の見つむる

三日月の光もうすき夕ぐれの入江をひくく鷺のとぶみゆ

幸福

安らかにいのちのばへて子だからの末のさかえを見るは幸人

隣家灯

いけがきのひくきとなりのともし火にこなたの庭のよるもあかるし

襷

家のわざするをみな子のたすきがけかひがひしくも見ゆるものかな

神を祈る

君のため民やすかれと祈るなるしるしを御代の栄にぞしる

大神によごとまがごと聞え上げて清き心にみさとしいのる

みさとし—御諭し。御神託。

歌会

をりをりの花に紅葉にうたむしろ開きてこころのぶるたのしさ

註―この当時定例の歌会が催されてゐたか否かは定かではないが、佐々木信綱『謹解本』に依れば、貞明皇后は「昭和五年から長秋舎歌会を催させ給うた」由である。

折にふれて

天の河さやかに見えて七夕の一夜あふせの秋近づきぬ

国

四方の海わたりて来つるものみなのさかえてのこるくにぞめでたき

別荘

山水をこころのままにひき入れておもしろきかなこのなりどころ

旅

あがた人こころ尽して迎ふれどむくいむすべもなき旅路にて

塗籠

ぬりごめのおもきとびらもひらかれむ尊き品も世にいでぬべく

蟬

松が枝につくづくをしとなくせみの声にしるかな秋のちかきを

古渡雨

川しもに橋のかかりてさびれたる古き渡りの雨の夕ぐれ

月下滝

ふく風の青葉うごかすをりをりは月もかかりぬ白糸の滝

心

清くあれうつくしかれとねがへどもにごりやすきは心なりけり

法律

定めては又あらたむる人の世のおきては何れまことなるらむ

はさみ

黒かみをまたたくひまにかたちよくきざむはさみのおもしろきかな

汗

くにのためいとなむわざにあゆる汗は世にもたふときま玉なりけり

あゆる―滴り落ちる。

小池道子の大患なる由を聞きて

二御代につかへまつりて日の本のをみなの道をよくも尽しつ

小池道子―明治、大正期の歌人。宮中に入り掌侍（源氏名柳の掌侍）となる。この年八月十二日歿。行年八十五。

千草会創立二十五周年をよろこびて

つちかへるしるしもみえてむさしのの千ぐさの花のさかり久しき

折にふれて

なつのよも涼しかりけりとうろうのほかげながるる水のほとりは

草花

秋風になびくすすきをはじめにてさきそろひけり八千草の花

女郎花

薄ぎりのきぬぬぎすてしをみなへしおもはゆげにもみゆるなりけり

残月

山めきてしげれる園の空にして淋しくのこる有明の月

大正天皇神さりましてより一千日に満ちたる日
花卉といふことを

御影どのにうたひ上げたる言の葉の花なつかしく千代もかをらむ

いつくしみ花より花にあまりてはえならぬかをり園にみちしを

同じ日たばこを

身のつかれこころのなやみやはらげてたばこは人によきくすりなり

那須野原つづくやなみの軒下にたばこの大葉かさねほしたり

たれもみなくゆらかせとてみてづからたばこを民にくだしましけり

秋旅

由良川のもみぢをむねにゑがきつつあやべの里をゆきかへりする

由良川―京都市北部に源を発し、綾部市、舞鶴市等を流れて栗田湾に注ぐ川。

羇中思都

めづらしきあがたの旅のものがたりきかむと人もまつか宮居に

旅宿朝

旅やかたいでたつ車またせおきて古きふみ見る朝もありけり

水声

岩つたふながれの声をおもしろみ谷のほそみちゆきかへりする

書

まめ人のいとねもごろにかきおきし書のいできてみるがうれしさ

河舟

たかどのの火かげきらめく河ぎしをゆるくながれてゆく小舟かな

読故人書

ふる人のま心うれしわがためにかきのこしたる書ならねども

身

うまるるもまかるも神のみこころとさとれば安し世をすぐすにも

神社

おのづから山をうしろにめぐらしてかうがうしくも見ゆるみやしろ

浦秋風

海ちかき宿の松かげほにいでしすすきなびけて浦風のふく

雁声遠聞

大宮のほりにおちくるかりの声夕べの空に高く聞ゆる

秋夜思郷

おち栗をひろひしさとのたのしさもねやの夜風におもひ出らるる

重陽

けふもまたちぎりのありて雲の上の千代の友なる菊にわたきす

わたきす――綿を着せる。重陽（陰暦九月九日）の前夜、菊に真綿を被せて霜除けとしたり、露や香を沁みこませたりして、当日その綿で体を撫でて長寿を祈ったりする風習。

秋渡

川ぞこにうつるもみぢのあやにしきぬひわけてゆくわたしぶねかな

紅葉狩のかたに

そめつくす野山のもみぢ秋の日のみじかき事やかごとなるらむ

かご—下午。午後。

秩父宮御慶事の一めぐりを祝ひて綿にてつくれる鶴のひなともなひたるが松のもとにあそび楽しむさまなるを贈るとて

くれなゐの朝日のひかりいただきて松のかげふむつるののどけさ

秋河

いねはみな穂にいでぬとておとしけむ田川の水のゆたかなるかな

渡鳥

むつまじくとぶもおるるもむら鳥の声を合せておもしろくなく

夜のまにや渡り来つらむむら鳥の声のあさけに高くきこゆる

秋神祇

八束穂のはつほささぐる田人等のゑがほゆたけき神のひろまへ

秋晴　明治節

白妙のふじの神山大空のみどりにはえてはるる秋かな

明治節―明治の御代の天長節であった十一月三日に、明治天皇の御聖徳を偲び、称へ奉る祝日として昭和二年に制定された。

社頭冬月

さやかにも月ぞさしくる柊の花の香清き神のいがきに

秋鳥

さらさらとまこもうごかす秋風に川辺の鴫のおどろきてたつ

秋田

ゆたかなるいろこそみゆれ雨かぜも時にかなひし秋の田のもは

折にふれて

畑のつちくろくしめりてふる雨にあまなからなのあざやかに見ゆ

おくつゆのおもきに枝のたへかねて垣ほはなるる白菊の花

今上の深き御こころざしによりて安らかに
世をすごすにもなほ神慮のかしこまれて

うれしくも三年へにけりみづがきのうち外へだてぬ神のまもりに

残菊

朝戸出もせぬわが庭に霜おきて淋しく残る白菊の花

昭和五年

海辺巖　御会始

音たかくよる白なみをちよろづの玉にかへつつたてる岩がね

元旦

あらたまの年の初日ののどけさをまづ身にしめて祝ふけふかな

歳のくれに

かずかずに言の葉ぐさもしげるなり露も涙もおきそはりつつ

つもりたるつみもけがれもはらひをへて清き心に年むかふらむ

折にふれて

紅のくこの木の実のやはらかき土にめばえむ春をこそまて

春またでめぐみそめたるふかみ草こころはやきにおどろかれぬる

ふかみ草――深見草。牡丹の異称。

今の世に亡びむとするもののいのちたもたしめむがわがつとめかも

ある夜

このあめの夜の間に雪とかはりなばいかに嬉しき朝けならまし

残雪

梅の花さきてかをれる谷かげに凍りてのこる春の日の雪

春風　紀元節

梅の花かをりそめたる庭のおもに鶯さそふ春風のふく

春香

鶯のなくねはやみて梅が香のけぶりのどかに立つ夕べかな

春楽

その上をしのびまつりつおぼろ夜の月にすみゆく物の音いろに

高松宮御慶事に松林鶯を

朝がすみまつの林にたなびきて春つげそむる鶯の声

高松宮御慶事――二月四日公爵徳川慶久公次女喜久子姫と御結婚。

二月二日雪降る

とほ寺のかねもかすかにひびききて雪にあけゆく庭のしづけさ

高松宮の御婚儀に賢所大前の儀をすまし給ひける日

有栖川そのみなもとに影うつす二木の松のうるはしきかな

註――高松宮の旧号は有栖川宮であり、大正天皇は宣仁親王に高松宮を賜ふと共に有栖川宮の祭祀をも継がしめ給うた。

橋春雨

川はしに春雨ほそくふりそめぬ堤の花もほのに見えきて

春海

行く雁のかげもかすみて朝ぼらけ波も音せぬ大海のはら

秩父宮の御使として横浜を船出し給ひける折に

住の江の神の守りをたのみにてみこの船だちおくるけふかな

住の江の神―墨江（大）神、住吉（大）神。底筒男命《そこつつをのみこと》・中《なか》筒男命・表《うは》筒男命三神の総称。航海、漁業の守護神。大阪市住吉区の旧官幣大社住吉神社を始め全国各地に奉祀さる。

庭上松

かげたかき老木の松は長秋のわが庭しめていつまでも

養蚕

霜ふりてなやむあがたのひとびとをおもひこそやれ桑子かふわれ

あたへつる桑の瑞葉をふるあめの音おもはせてはむかひこかな

瑞葉《みづは》―瑞々しい葉。「瑞」は生気満ち溢れて立派である事を形容する語。

「瑞穂」など。

蓮薫風

露ふみてありくころものたもとふく朝かぜきよし蓮の香もして

初秋夜

月くさのさかりはすぎて涼しさのたもとにあまる初秋の宵

はし居して月のひかりに見るもよし露しとどなる庭の秋くさ

夕露

萩の葉にそよぎしかぜのおとたえておく夕露のいろましろなり

後の月

さきそめしかきの小菊にいとどしく光をそふる後の夜の月

峯月

ななめにもすだれにかげのさしくるはみねをはなれし月のひかりか

初冬雲

南よりきたへといそぐくもさむし冬のはじめの朝けにみれば

疎屋蔦

やれさうじよそひてつたのもみぢせりかたぶくのきの松に根ざして

やれさうじ―破《や》れ障子。「障子」の仮名表記は「しゃうじ」。但し書陵部編成の『御集』には「そうし」とある（従つて主婦の友社版には「そうじ」とある）。併し「しゃ」の直音は「さ」であり、「貞明皇后御歌集」の第二次稿本には「さうし」と書かれてゐる。一三三頁「五月十六日紅葉山云々」の詞書には「さうじ」とあり、又、一四五頁の御歌「暁星」にもある如く、貞明皇后が詠み給ひし原本には「さうじ」と正しく直音表記されてゐるものと拝察される。

貧家歳暮

もちひをもつきがてにしてとしのくれさびしくすごす人もあるらむ

冬路

かれ芝はゆきのおほへど広にはのいさごはぬれてみちあらはなり

窓時雨

まど近く吹きよせられしもみぢ葉をたたく時雨の音の寒けさ

昭和六年

社頭雪　御会始

たきの音もかすかになりて神がきのなぎの青葉にゆきぞつもれる

なぎ—梛。槙科の常緑高木。神苑に植ゑられる事も多い。

新年松

たちかへる年のわか水くむ御井にうつりて清しわか松のかげ

庭南天

冬枯の庭の淋しさわすれけり南天の実のあかき光に

雪似花

ふる雪を花ともめでつあたたけきむろよりみれば春ごこちして

窓梅

わが好むいろ香に梅の花さけりまどをひらきてけふよりはみむ

管弦

波の音松の嵐のかよふごときこえて清し糸竹のこゑ

糸竹―しちく・いとたけ。糸は弦楽器。竹は管楽器。

雪中若菜

七くさの一草もがとわが庭の雪間たづねてたびら子をつむ

たびら子―田平子。別名「仏の座」。春の七草は芹、薺、御形（母子草）、蘩蔞、仏の座、菘（蕪）、蘿蔔（大根）。

春埋火《うづみび》

春寒み見るだにたのし埋火の紅にほふ花さくらずみ

さくらずみ―佐倉炭。佐倉（千葉県）地方に産する、櫟を用ゐた炭。良質で名有り、「桜炭」の宛字もされる。

岩

谷川にあまたそばだつそがなかになでても見まくほしき岩あり

春夜

のどけさに心うきたつ春の夜は誰が顔みてもおもひなげなる

春霜

朝風のはりさすごとく吹きつけて春のそのふに霜の花さく

海上霞

わかめかる舟のつどへる波の上に霞わたりてながめはるけき

遥拝所にて鶯をきく

神まつるあしたのにはに鶯は春のはつこゑささげてぞなく

鶯のあさの一こゑみまへにて神とともにもきくぞかしこき

山路梅

谷ひとつこえてのぼれる山みちのかたへにかをる梅の一むら

折にふれて

大神を遥に拝むにはにして清しとぞ見る富士の白雪

たんぽぽの黄いろにさきてうつくしもほりかへしたる土のかたへに

ほがらかに小鳥うたひて春の日の大内山に梅の花さく

今日の日を天つ御神もほぐならし行幸のみちに雪の花ちる

ついばみし木の実草のみちらしおきて鳥はいづくに宿をかもかる

つばめ

藤の花さきなびきたる棚ちかく絵の如見えてつばくらめ舞ふ

菜花盛

里つづき菜の花ならぬいろもなしところどころにももまじりて

忍耐

君のためみ国のためと思ふにぞ忍びがたきも忍ばれにける

折にふれて

むつまじくきぎしのあそぶひろにはに風のうごかすゆりのひとはな

春苔

けざやかに青みわたれりはるさめのしづくに苔もやしなはれつつ

谷躑躅

日にうときたにのいはねもくれなゐのつつじにあかし春のくれ方

立夏

瑞枝さすみどりの山を白雲のひまよりあふぐ夏は来にけり

羊

君を思ふたみのこころに似たるかな一つにむれてむつぶ羊は

鼠

追ふ人もおはれて走る子ねずみもあわただしげに見ゆるわたどの

首夏風

山吹のおくれてさける花垣に夏を覚ゆる雨の音かな

商業

あきなひも国と国との中にてはことに正しき道をふまなむ

時鳥

はしゐしてながめつつをればみそのふの青葉のおくにほととぎすなく

橋蛍

追ふ子らをあとにのこしてやみくらきはしを蛍はさきにわたれり

川かぜのすずしくわたる板はしをかげゆるやかにほたるとびかふ

茶つみ

いくかありてつみつくされむ宇治を行くかなぢにそへる畑の木の芽は

冠

すめらぎのこがねの巾子のみかがふりたぐひなきこそたふとかりけれ

巾子《こじ》—冠の上の後部にある突起。髻《もとどり》（束ねた髪）を収めるためのもの。「かがふり」は冠。

幽径

苔のむすほそみちありくわがまへを木の実くはへてりすの横ぎる

夏園

夏の野のけしきにせむとよもぎふにあざみさかせてみるそのふかな

竹間夏月

わがまどの竹葉なびけて吹くかぜにみえがくれする夏の夜のつき

梅雨難晴

晴れなばとおもふあまりに鳴るかみの音もまたるるさみだれのそら

里夕立

こがひするさとの桑ばたかる人をしとどぬらしてゆふだちのふる

わしず山くもかかりぬと見るやがて夕立すなり静浦のさと

わしず山―静浦（今の沼津市南部）附近にある鷲頭山（標高三九二メートル）。

夏旅行

ゐなはしろ旅寝すずしき宿ながら火とり虫にはなやまされけり

火とり虫―火取り虫。夏の夜、灯火に集る蛾などの虫。

机上月

虫の音につくゑのしまをはなれむとおきたるふみに月のさしくる

つくゑのしま――もう少し後に「机」の題の御歌が見え、「机の島」の漢字が用ゐられてゐる。「机の島」なる成語は無いと思はれるが、「島」には「周囲を水に囲まれた地」の他に「四面、局《カギ》ラレテ、狭《セマ》、又ハ締《シマ》ノ義」もある（大言海）。此処から想像すると「机の島」は「さう大きくはない机」であらう。

秩父宮殿下が母宮貞明皇后崩御直後に書かれた「亡き母上を偲ぶ」なる一文が主婦の友社版『貞明皇后』に載つてゐる。其の中に「母上が大正時代、宮城にお住まいのころ、奥の父上の洋式のお居間で、低い屏風を立てた一角に、椅子はもちろん、座布団もなく、絨毯の上にじかに坐っておられ、書き物も座文庫と称する机の代用のようなものの上でなされていた」とある。これが正に「つくゑのしま」ではなからうか。真に恐れ多いばかりの質素なる御日常の一端が拝されて畏き限りである。この「座文庫と称する机の代用のようなもの」とは後出の「机」の題の御歌の註に載る「実は吸入器御使用の折の御台」にあらずやと推察仕る。

新月

もえそめしわか草いろの雲の上に影なつかしく三日の月みゆ

茶室の庭にて月を見る

よりつきにこしうちかけて見し秋のそれにもにたる月の影かな

すみ渡る月をみしかなかすかなる泉のおとに耳をかしつつ

月

つゆしげき苔の細みちつたひきてさやかなる夜の山の月みる

月昇

白雲のみふねにのりて空の海漕ぎいでましぬ月よみの神

月よみの神―月読神。伊邪那岐命が黄泉の国より帰られて後、禊祓し給ひし時に成りませる神。天照大御神、建速須佐之男命と共に三《みはしらの》貴子《うづのみこ》と称される。

しばしわれともし火消ちて板じきにさし入る月をはしゐにぞ見る

消ちて―「消して」に同じ。

淋しくも月は雲まにかくれけりむしの音のみを庭にのこして

葛

旅人のやすらふ道の石の上にはひまつはれてくずの花さく

都月

ひるよりもあかき夜の町はなれきて都の月はみるべかりけり

暁野分

かきつ田の稲穂いかにとあかつきの野分のあとをいでてこそみれ

かきつ田―垣内田。垣で囲はれた田。

朝露

手にとりてめでまくもほし風ひえて白くおきたる萩の朝露

秋の日はよわくなりけむ昼すぎてなほも消えせぬ草の上の露

琴

さわがしき町のなかにもみやびたる琴の音すなりたがすさびかも

菊始開

よろこびをみたしてきくのさきそめぬ秋の日たかきにはのまがきに

漣

風もなき池によするは水とりの足掻きにうごくさざなみにして

孤児院

うつくしむそだての親のめぐみにて人となるらむそののみなしご

落葉如雨

屋根をうつ音は木の葉の雨にしてぬれぬ板間に月の影おつ

聞虫

すみのぼる月の光になく虫の声も今夜ぞもなかなりける

夜のあられ

夜をさむみねざめて聞けば玉あられ軒ばの竹をうつ音のする

社頭寒梅

稲荷山みづの玉がきつきさえて冬木の梅のかぞにほひくる

机

あすひらくうたのむしろをおもひつつ向ふ机の島のたのしさ

実は吸入器御使用の折の御台にて今は沼津御用邸に御遺し置となれり

暁千鳥

月さえて霜ましろなるあかつきに千鳥のこゑのとほくきこゆる

深夜雁

文机のもとにふかしし秋の夜のわがまど近く雁がねきこゆ

珠

海ぞこのかひの中なるましら玉まだみがかねど光はなてり

女子学習院へ

一、代々木の杜に神とます　后の宮の給ひつる
あやにかしこき御教を　まなびの庭の朝夕に
思ひ出でてはおのがじし　身の掟をば定めなむ

二、御代の恵のつゆしげき　いくはるあきを怠らず
袖をつらねて睦まじく　道の一すぢすすみなば
高根の花もかざすべく　月の桂も手折られむ

三、世にたつ末も姫松の　根ざし忘れず只管に
みさをの色をふかめつつ　いへをととのへ身を修め
心の鏡みがきえて　み国の光そへよかし

註―佐々木信綱『謹解本』には大正十二年六月「女子学習院に給へる」といふ詞書の次なる御歌が載る「うつぶしてにほふ春野の花すみれ人の心にうつしてしがな」。なほ、同書の附記には〔昭和二十六年七月二十日、女子学習院卒業生の会なる常磐会の有志九十六名は、貞明皇后の多摩東陵に正式参拝し、御陵のみ前において、この「花すみれ」の御歌を、合唱したとのことである〕と記されてゐる。

昭和七年

暁鶏声　御会始

くらきよにまよふ心をさまさむとあかつきはやくとりのなくらむ

都余寒

朝な朝な木がらしめきて吹く風に都大路は春としもなし

社頭鶯　紀元節

かし原の神がき近き森にしてなくかうぐひす古巣ながらに

春月

水どりのたちにし池の水そこにかすみてのこる月のかげかな

軒花

わが軒は深山のなかのここちしてたえずたちそふ花の白くも

こたび澄宮の士官学校予科に入学しけるを
よろこぶとともに思ふことのありて

海くぬが軍の道をつぎつぎに学ぶみこらのありてたのもし
もののふの道ををしふるひろにははに一本おろす杉のわかなへ
わか杉の千代のさかえを祈るかなくにのしづめといやしげるべく
むらぎものこころのこまははやるともひきしづめてぞゆくべかりける
もののふの道をしへ草つみつつも文のはやしもわけなまどひそ
ますらをのたけきこころをみがきつつ言葉の花もさかせまさなむ

澄宮―大正天皇の第四皇子。後の三笠宮崇仁親王。「くぬが」は「陸」。

秩父宮は陸軍、高松宮は海軍、三笠宮は陸軍であられた。

新樹

こぞの実はあかきながらにのこしおきて庭の青木はわか葉さしたり

更衣惜春

花ぞめの衣ならねどぬぎかへて春にわかるるこころ淋しも

暁雲

山はまだ夜のすがたにねぶれどもあかつき白く雲のたつ見ゆ

社頭水

御とももしてまてに掬ひしくれ竹の代々木の清水とはに忘れじ

まて―左右の手。両手。

外国語

きく耳にそれとはわかぬ言の葉もかよふこころにうちゑまれつつ

軍歌

たぐひなきやまと心もおこるらむ軍のうたのつよきしらべに

漁火

うつくしきもののひとつとながめけり永井の沖のいさり火のかげ

瞿麦

ならべてもおなじかきねにさかせばやからのやまとのなでしこのはな

瞿麦《くばく》―なでしこ。「石竹《せきちく》―唐撫子《からなでしこ》」の漢名としても用ゐられる。

夏渓

岩むらのひまをぬひゆく谷川のきしよりゆりの香も聞えくる

森蜩

ももいろの夕ぐもなびく青やまのもりの梢に日ぐらしのなく

草花先秋

浅間山すそ野に生ふる秋草は都の夏もしらでさくらむ

擣衣
月の夜の隣のかきにひびくなりむかしおぼえてきぬをうつ音

山路霧
下りつつかへり見すればやすらひし峠は早もきりのへだつる

嶋松
沖つしま朝おもしろくのぼる日をいだくさましてたてる老松

秋鮎
秋かぜのさびしき音にさそはれてたにの川瀬をあゆのおちゆく

蘭
高砂のしま山づとのこてふ蘭清くぞかをるむろのなかにて

万葉集
いそのかみふるごとながら新しき歌のしをりとなるはこのふみ

明日香山さきしこと葉の花のいろは千歳の後もあせずぞありける

註―佐々木信綱『謹解本』には同じ詞書にて別の一首が載る「国つ史《ふみ》しるしかねたる事さへもさやかにのべし歌のたふとさ」。

万葉集の講義をききて感じけるままを

古への人のいたつきおもふにもあだには聞かじひと言をだに

日の本の臣てふ臣は大君のみことのまにまつかへまつりし

寄海祝　明治節

大やしまめぐりのうみにたつ波をしづめて神はとはに守るらむ

兵営月

もののふはこころになにをゑがくらむたむろのにはの月をながめて

巖頭菊

世の人も老せぬいろにあえよとてさくかいはほのうへの白ぎく

あえよ——「肖《あ》えよ」（肖《あやか》りなさい）。

癩患者を慰めて

市町をはなれて遠きしまにすむ人はいかなるこころもつらむ

宮人のおくりし家の建つそのによき日よき月すぐせとぞ思ふ

ものたらぬおもひありなばいひいでよ心のおくにひめおかずして

見るからにつゆぞこぼるる中がきをへだてて咲ける撫子のはな

つれづれの友となりてもなぐさめよゆくことかたきわれにかはりて

神苑水

五十鈴川朝もやはれて神そのの千歳の杉のかげぞうつれる

江千鳥

ゆきまじりしぐれふりくる夕まぐれ入江めぐりて千鳥しばなく

養蚕につきて思ふ事どもを

よきおきてえらびさだめてこのわざになやめる人をとくすくはなむ

何事もさかえおとろへある世なりいたくなわびそ蚕がひする人

国民のたづき安くもならむ世をひとり待ちつつ蚕がひいそしむ

外国のひとのこころをみたすべくよきまゆ糸のとりひきはせよ

昭和八年

朝海　御会始

しづかなるひがしの海をいづる日にはてなき波の色も見えゆく

花蔭鶏

さきつづくみそののはなのくもまより聞え来にけり鶏のこゑ

つつじを折りて

めでましし君はまさぬにいかでこの庭のつつじををりて来つらむ

亀

葉山にて御酒賜はりし大かめはいのちのばへて沖にすむらむ

海路夏月

みなと江をはなれて遠く行くふねの浪路すずしき夏の夜の月

夕立にさわぎし浪もをさまりて船の上てらす月のすずしさ

思親

夢のまに三十年すぎぬなき親をこふるこころは変らざれども

高原霧

かけ橋をわたる旅人にさきだちて霧のすぎゆく木曽の高原

寄道祝

人の世に栄えて久しうつくしくあやにたふときすめ国の道

さきにほふ春の花より美しき手わざのみちのいやさかえゆく

昭和九年

迎年言志

大みいついやますとしのはじめにもたのむは神の守なりけり

藤懸松　天長節

紫も白もまじりて藤の花さくがうつくしまつの木末に

社頭雨

神そのはしづかにあけてみやしろの朱の玉がき雨にけぶれり

栗花

みそのふの栗の花みつゐなか屋のしづけき庭にたつここちして

夏朝

田鶴が音もすずしく聞ゆ草むらの露もまだひぬ夏の朝あけ

初霜

菊の花まだおとろへぬませがきにはつ霜ふれりよべの寒さに

朝日かげさしおくれたる方にのみのこりて白し庭のはつ霜

冬犬

さよふけて火をいましむる木の音のたえまに聞ゆいぬの遠吠

昭和十年

池辺鶴　御会始

大君の千代よぶたづの一声に御池の鴨も夢さますらむ

社頭橋

みやしろは高根にありてたちのぼるくも間にみゆるあけの神はし

比えの山ふもとめぐりて三つのはし渡りゆきけり神のみまへに

註―御歌の内容より滋賀県大津市坂本鎮座の旧官幣大社日吉《ひよし》大社である。「三つのはし」は天正年間に豊臣秀吉が架橋せる由。

海上春風　紀元節

海のさちえむといでゆくあま船をここちよげにもおくる春風

丘卯花

いちじろく卯の花さけり鉄路より見渡すをかのところどころに

鯉

なみたててをどる真ごひのいきほひにおどろく人の声も聞ゆる

鯉の歌よめる中に

親をおもふその子ごころのあつさには氷もとけてこひやうかびし

註—昔支那に王祥といふ孝行者がゐた。継母は冷たかつたが、王祥は孝行を尽し、魚好きな親の為、極寒で凍つた川の氷を裸になつて叩いた処、氷が割れて鯉が二匹躍り出て之を得た。「晋書」にあり又「童子教」にも載る。

秋風

花は実になりてのこれる蓮いけをかろくもわたる秋のあさ風

虫のこゑあふるる庭に大ぞらのほしよりおつる風のつめたさ

むく鳥の一日一日にかずそひてあされる庭の秋かぜの声

丘の上に月まつほどをたち居れば千草なびけて秋のかぜふく

旅路月

富士のねのをぐらきかげをそらにみせてするがの海に月すみわたる

須磨のうらあかしの潟の月の夜にむかしの秋をしぬぶこのよひ

高崎正風

大君のうたの奥山越えまさむみさき仕へし人ぞたふとき

大御うた見たてまつりていくたびか其の御こころに君はなきけむ

高崎正風―天保七年薩摩生れ。明治時代の歌人。初代御歌所長。宮中顧問官。枢密顧問官。男爵。明治四十五年歿。

高崎元彦の戦死しける折に御製たまはりけるを思ひいでて

賜はりし御うたかしこみ老人がおさへし涙せきやかねけむ

註―高崎正風の嗣子海軍少佐元彦は明治三十七年八月二十六日旅順攻略戦の際、陸戦重砲隊中隊長として奮戦、名誉の戦死。両陛下より弔慰の為、菓子一折を賜はつた。正風これに感激して「大君のみをしへ草をしをりにてさきたちし子を何か歎かん」と詠み、乙夜《いつや》の覧《らん》（天子が多忙の為、乙夜―今の午後十時頃に至り、漸く読書し給ふこと。）に供し奉つた。皇后（註―昭憲皇太后）はその志を愍み奉ひ「国のためすてしこの身を惜むにもまつ思はるゝ親心かな」「ちよふへきうまこを杖に呉竹のすくよかにして御代につかへよ」の御歌を賜ひ、慰め給ふ。正風は恐懼して次なる歌二首を献り、御恩を謝し奉つた。「児ゆゑにはなかぬ袖をもぬらしけり国のはゝそのもりの雫に」「くれ竹のこのこをもまたおほしたてゝさゝけまつらむ君のみたてに」（『明治天皇紀』『靖國神社忠魂史』）。

右の如く『明治天皇紀』には御歌の記録は見えるが、御製の事は書かれてゐない。なほ、『史実で見る日本の正気』（錦正社平成元年発行）には〈明治天皇は「国のためすてしこの身を」と「ちよふへきうまこを杖に」の二首の歌を下賜されて〉とあるが、『明治天皇紀』には前掲の二首は「皇后其の志を愍み、九月八日御歌二首を賜ひて」として、昭憲皇太后の御歌である事が明記されてゐる。『類纂新輯明治天皇御集』の「軍事」の部、「人倫」の部に明治三十七年の御製として、戦死せる軍人やその親を詠み給ひし御製は拝するが、「高崎元彦の戦死しける折」と特定し得る御製は見当たらない。

此処に見える貞明皇后の御歌の詞書ではなく、御歌そのものには「御うた」即ち、皇后の御作の意味の語が用ゐられてゐる点（この直ぐ後に「読書」の御題の「大みうた―御製」の御歌が見える）、更に、高崎正風の歌に「国のはゝそのもりの雫に」とある点から考へて、詞書の「御製たまはりけるを」は筆者が底本とした書陵部編成の御集には確かにさうあるものの、それは何れかの段階での拝写の誤りで、貞明皇后のお詠み遊ばされた原本の詞書には「御歌たまはりけるを」とありしにあらずやと推測される。その根拠は「貞明皇后御集第二次稿本一」である。此の稿本の詞書には元々は「元彦のみまかりける折りに」とあるのみである。ところが明らかに別人（撰者である鳥野幸次か尾上柴舟であらう）の字で「高崎元彦の戦死しける折に御製たまはりけるを思ひいでゝ」と書き加へられてゐることである。なほ後考を俟つ。

暮秋時雨

御そのふのこのめの花も咲くみえてをりをりそそぐむら時雨かな

渡り来て早もすみつく水鳥のつばさぬらして時雨はれゆく

蜜柑

あがた人はやもささげつ広嶋《ママ》の豊田のさとのうましかぐの実

いろづけるかぐの木の実ぞ美しきしげる青葉にはえまさりつつ

読書

大みうた集めしふみを見るたびに民をおもほすみこころになく

寄杉祝

神代よりたちさかえこし老杉の実おひの千代も君は見まさむ

実おひ—実生。草木が種子から発芽して生長すること。

三笠山こけむす杉の枝ごとにこもれる千代は君のまにまに

昭和十一年

海上雲遠　御会始

わたのはらかもめとびかふ朝なぎに雲こそにほへをちのみそらに

新年港

たましきの都にちかき新港年をむかへていよよさかえむ

新港—佐々木信綱『謹解本』には「新《にひ》みなと」とあり「いはゆる東京港。すなはち、外港ともいふべき横浜港に対して、主として、墨田川河口に造営された新しい東京港をうたはせられた」と謹解されてゐる。

横浜は国際貿易港として幕末に開港されたが、東京港は関東大震災後に本格的造成が始まつた。大正十四年日の出埠頭、昭和七年芝浦埠頭、昭和九年竹芝埠頭が夫々完成し、開港は昭和十六年五月二十日である。御歌の当時は発展途上、「いよよさかえむ」と詠ませ給ひし所以である。

暁海　天長節

沖つへは暁ふかし磯による波の穂のみは白くみゆれど

田家桐

をとめ子のとつぎのしろとおぼすらむ田づらのいほをめぐる桐の木

まつよひ草

三日月もにほへる庭の夕かぜにまつよひ草のなびく涼しさ

桐の花をよめる

桐のはな気だかくさけり菊につぐおもきしるしとなりたるもうべ

菊につぐおもきしるし―一例を挙げれば勲章の最高位は大勲位菊花大綬章、次が勲一等旭日桐花大綬章である。

「菊花御紋章は実に天皇大権の御記号」（『増補・皇室事典』井原頼明著昭和五十七年増補版二刷）であり、類似のものも含め一般人が用ふべきに非ざる事は論を俟たない。菊花御紋章の起源は定かならざるも、後鳥羽天皇の御頃より皇室の御紋章となつたやうである。なほ、桐花紋は後醍醐天皇の御頃より皇室の御紋章として用ゐられた時代もあつたが、明治維新後既に新政府は之を禁令外とし現在に至つてゐる。

終日聞虫

草深き野中のいほはひるもなほあかず聞かれむ虫のこゑごゑ

神苑杉　明治節

かみやしろ久しきほどぞしられける老木の杉の深みどりにも

燈台守

守る人やいかにさびしき霧ふかきはなれ小じまのともし火のもと

船まもるこころのひかりさしそひて海原とほく照しゆくらむ

荒浪もくだかむほどの雄心をやしなひながら守れともし火

註—これ等の御歌はこの年十二月二十三日全国の灯台守に向けて、金一封と共に下賜され、その御下賜金を以て全国の灯台にラヂオ受信機が贈られたといふ（「祖國と青年」平成十九年一月号掲載。占部賢志筆「蘇る歴史のいのち」参照）。但し占部氏が文中で紹介してをられるのは三首目の御歌のみで、「荒浪」が「荒濤」となつてゐる。

又、佐々木信綱『謹解本』には同じ詞書の別の一首が載る「ともし火の外には明《あか》きものもなき夜をもる人ぞおもひやらるる」。

昭和十二年

田家雪　御会始

里人のいさみきほひて新米を納めしくらにゆきぞつもれる

寒鴉

照る月の白きひかりにおびえけむねぐらはなれてからすしば鳴く

冬眺望

一まちにつづく野中のかれくさにうすき日さしてながめ淋しも

冬がれのはやしとほして見ゆるかなひるなほしろくこほる池水

若草　紀元節

わかくさをつまむとそのにおりたてば蓬もしろくもえいでてあり

草庵梅
うぐひすもまづとやとはむ梅のはなかをりそめたる草のいほりは

夕霞
夕がすみたなびく庭の松林たづの声さへこもるのどけさ

早苗
車路のみぎもひだりもわかなへのすずしきいろに皆なりにけり

樹陰苔
やはらかく短かきこけの青むしろ松のしづくやおりいだしけむ

あふぎ
をとめ子の袖にはえたりくれなゐの糸ふさつけし花のあふぎは

社頭虫
みやしろになく虫の音は神楽にもたぐふと神や聞こしめすらむ

煙草

老人のくゆらすたばこわにふくをおもしろげにもちごの見あぐる

たばこといふ題をよみける折に

大御手にとりて臣らに賜はりし御かげしのびてたばこ見つむる

古寺紅葉

古寺のにはのほとけのきるかさは時雨のそめしつたもみぢにて

籬菊

なつかしき小ぎくの花の咲きしよりまがきのもとにたたぬ日はなし

二位局の八十歳になりけるを馬によせての祝言

よろこびにいさめるこまのいななきは八十しまかけてとよみわたらむ

二位局―大正天皇の御生母柳原愛子《なる》。大正二年の御製詩「喜二位局献蕣花」を御参照願ひたい。

鶉

夕さればうづらなくなりひろ野原尾花の波も見えがくれして

鶉を放ちて

放ちつるうづらなるらむ三日月のかげさす庭にこゑのきこゆる

海外旅行

新しくしるたのしさのおほからむ日数かさぬる外国の旅

御国たみいたるところにいそしみてさかゆくさまを見てかへらなむ

物ごころはかりかねてははづかしきおもひもすらむ外国のたび

註―この年「海外旅行」をされた秩父宮殿下の事を詠まれた御歌と拝される。秩父宮殿下は英国のジョージ六世の戴冠式御参列の為、妃殿下と共に御渡欧された。『雍仁親王実記』（昭和四十七年秩父宮家）に依れば、この年四月十八日横浜港より御出発。同年十月十五日横浜港にお帰りになられた。

昭和十三年

神苑朝　御会始

神苑の御池にをどるいろくづのひかるも見えて朝日さすなり

禁庭竹

新しきいろぞそひゆく吹上のみそのの竹も三代をかさねて

雪中山といふ題をよみける時に

ますらをのつよきいぶきも凍るらむ雪ふりつもる北支那の山

ひとあゆみすればまろびてふぶきする山路に人やゆきなやむらむ

註―前年七月蘆溝橋事件が起り、戦火は上海に、そして支那全土へと拡大して行つた。当初は北支事変と称したが、後に支那事変と呼称された。

山霞　紀元節

ことありとおもほえぬまでのどかにも霞たなびくよもの山々

山ごとに霞ぞかかるうぐひすも谷の戸いまかいでむとすらむ

従軍記者

海くがにたたかふひとの雄ごころをいやひきたてむ筆のちからに

工兵

み軍のかちをいくたびはやめけむかけわたしたる船のはしにて

漁村春

舟出するさわぎもやみてうぐひすの声のどかなり海人の家むら

筍

生ひそめむいきほひ見する竹の子に一日二日とたのしみてまつ

航行遮断
ものはこぶ船路をふさぐつとめこそたたかふよりもくるしかるらめ

寄玉祝　天長節
波かづく海人のまてよりあらはれぬそこにしづみし玉のひかりも

桃園
くれなゐに桃ぞ咲きたる坂みちをのぼりはつれば平岡にして
みそらまでゑひたるごとも見ゆるかな園生の桃の花ざかりにて

楓のわかめ
くさ青き庭にめだちぬくれなゐのいろあざやかにもゆるかへる手

採桑
ふる雨はまてどはれせできりくはのかわかぬばかりくるしきはなし

傷病兵

末ながきなやみのたねとなりぬべしいくさのにはにうけしてきずは

つく杖に身をゆだねつつますらをのありくすがたをあはれとぞみる

招魂社

よろこびをつげまつるありかなしみに袖しぼるあり大みまへにて

子も孫も神のいさををききしりてたえずまうづる御社ぞこれ

水鶏

若苗のいろ見えそむるあけ方の小田のかなたにくひな鳴くなり

わかあしのしげる沢べやはなれけむくひなのこゑの遠くなりぬる

保健

みちの人のをしへのままにしたがひて身をすくよかにたもてとぞ思ふ

家のためこがねしろがねつまむより身のすくよかにあるやまさらむ

麦秋

かるべくも麦は黄ばむをあやにくく卯の花くたしけふもやまずて

卯の花くたし—「くたし」は「腐し」。卯の花を腐らせる程に続く長雨。反対に、「収穫豊多満里門」の様を詠ませ給ひし大正天皇御製を参考までに掲げ奉りませう。

麦（大正四年御製）

この年はいかにと思ひし麦のほのみのりゆたかにみゆる山はた

新聞紙上にて支那人の麦かるうつしゑを見て

みいくさのちからたのみてしなの民こころ安くも麦かるといふ

みいくさ—皇軍。

日の丸の旗を田はたにたておきて麦かるたみのこころかなしも

おちぼひろふしなをと女らのゐがほにもみいつのひかり見えてうれしき

雨中蛍

梅雨のしぶきにぬるるをすの外にほたるのひかりみえがくれする

軍事郵便

待ちわびて人や見るらむたまの下くぐりてきたる文のたよりを

兒玉源太郎

うみの子の栄ゆる見てもしられけり世のつねならぬ親のこころは

兒玉源太郎―嘉永五年周防徳山藩士兒玉半九郎の長男として生る。日露戦争の折の満州軍総参謀長。その大功により戦後の明治三十九年四月参謀総長に補任され、子爵に陞爵するも戦争指揮の疲労甚だしかりしゆゑか、七月病歿。四十年に長男秀雄が伯爵に陞爵。

航空機

御軍のかてをはこびてますらをのたまのをつなぐ鳥船もあり

天かけるわしとたたへてとりふねのいさををかたるすめら国たみ

あやふさも忘るばかりに旅ごこちよくなれりてふ空ののりもの

註―佐々木信綱『謹解本』には同じ詞書の別の一首が載る「何よりも嬉しきものは鳥舟《とりふね》のはやくもたらす便りなりけり」。

つはぶきのはな

みそのふのきくも紅葉もうつろひてひとり時めくつはぶきのはな

つはぶきの花のいと早く咲きたるに

つはぶきの花きはやかにさける見ゆ残るもみぢの下かげにして

松林冬

炭がまのけぶりも今かのぼるらむ鞍馬のみちのまつばやしより

冬ながら伊良子の崎の松林露のま玉も生ふといふなり

昭和十四年

朝陽映島　御会始

うちよする浪のこころも静かにてしまの松ばら朝日たださす

待春

御軍のにはのさむさをおもふにもなほ待たるるは春にぞありける

社頭松　紀元節

枝ごとに神のみかげやそはるらむまつのくらゐの高く見ゆるは

野亭梅

山もとにつづくひろ野のひとつ屋を春になしても梅かをるなり

従軍看護婦

益良男《ますらを》もうれしなみだにくれぬべしこころをくだくをみな心に

註―佐々木信綱『謹解本』には同じ詞書の別の一首が載る「益良男の

あやふき命みとりして繋ぎとむらむくはしをとめは」。同書に曰く「くはし」は「最美なものを意味する」と。
大正三年の御製詩「聞赤十字社看護婦赴欧州」を併せ読まれたい。

早春雨

はや咲きの梅のはなちるゆふ風にみぞれまじりの雨のふりくる

山家椿

めかり船あまたも見ゆる磯山のふもとの庵に椿さきたり

塩田

朝夕のみけの御しほ田うらうらとのぼる日かげにてりはゆる見ゆ

富士形のしほの野づみのかずかずに田のひろさこそおもひやらるれ

おもひやれいまのしほ田のひろきにも細きけぶりにやきしむかしを

戦死者遺族

行く末のながき月日を子等のためこころくだかむわかき母はも

ねもごろに子等をさとしし父のふみちからとしてや母はそだてむ

ほそぼそとけぶりをたててさびしくも月日おくらむつま子をぞおもふ

靖國神社大祭のおこなはれけるをりに

羽車の今かわたらすすすりなくやからの声のとほくきこゆる

まつられて妻子に親にはらからにあひます神のこころをぞ思ふ

うからどち神をろがみていまさらにかど出のさまをしのびてやなく

註—大正天皇御製詩「臨靖國神社大祭有作」（大正四年）を御参照願

ひたい。

庭上鶴

親鳥となれるもしるくなくこゑのしらべとゝのふ庭のあしたづ

雨後新竹

若竹のしづくにぬれぬ村雨のをやむやがても庭めぐりして

満洲移民

火のごときのぞみにもえて行く人はひろきあら野もひらきつくさむ

梟の声しきりに聞えければ

くれやらぬ庭のはやしのおくふかくきこえてさびしふくろふの声

先つ年二位局よりおくられし白雲木の年々に栄えきて今年はことに花多くつけたるよろこびのあまりに白雲木によせて二位局の齢をいはふこころを

夏ごとに花かずましてしらくもの栄行くすゑは君ぞ見るべき

白雲のけだかき花のすがたこそ君が千とせの友にはあるらめ

白雲木—エゴノキ科の落葉高木。初夏の頃枝先より白色の花が多数垂れ下がる。

あさざ

梅雨の朝雲ひくき池のおもに浮きただよひてあさざ花さく

夕ぐれもまたであさざはしぼみけり見せまくほしき人もまたずて

あさざ—莕菜。竜胆科の多年生水草。花は黄色の五弁で夏に咲く。

昨十三年夏朝香宮より土産としておくられける
あさざの花のその秋十月始めて咲きそめしに

月日へて御園の水になれぬらしあさざの花のつぎつぎにさく

朝香宮―久邇宮朝彦親王第八皇子鳩彦《やすひこ》王が明治三十九年に創設された宮家。

納涼

風の入るむろにゐながらすずむにも軒のかさなる町をこそおもへ

月きよく吹く風をよみふくるまですずむともなく涼みつるかな

涼しさは心にありと聞きながらなほたへかねて風をこそおへ

寄月神祇

みちかくる世のことわりをしめしつつみ空にかかる月よみの神

鶉

秋ふけて千種花さく広野べにつまごひしつつ鳴くうづらかな

軍艦

つらなれるみいくさぶねにおもふかな国のまもりのちからづよさを

二位局の久しく病の床にあるを慰めむ為に
妃の方々をはじめ人々の歌をあつめておくるとて

安らかにすぐせとぞおもふうつくしき心のはなを日々のともにて

寒夜明月

さよしぐれすぐるやがても雲はれてさしくる月の光身にしむ

おく霜の白き芝生に松のかげくろくうつして月のふけゆく

喜

喜びはかぎりなからむ祖父のまつ孫に男の子の生れたる家

をの子等が世にたつまでにそだちたる母のよろこびいかにかあるらむ

昭和十五年

迎年祈世　御会始

新年に大みよ祈るまごころは神もうけてや守りますらむ

つつましく年をむかふる人の世はおろそかならず神も守らさむ

田上雪

冬がれの淋しきみたにはだら雪薄々ふりておもしろきかな

冬井

くむ水の音こそさゆれ掘井戸のこほる夜しらぬ冬にはあれども

国宝　紀元節

限りなき代の宝なりあぜくらにをさめられたる品の数々

連峯霞

朝がすみつらなる山にたちそめてまづこそ見すれ春のけしきを

皇后宮の御誕辰に桃林朝を

鶯のこゑもこもれりこのあさけはやしのももの花ざかりにて

皇后宮の御誕辰—香淳皇后の御誕生日は明治三十六年三月六日。従って昭和の御代の地久節は三月六日。なほ入江相政著『宮中歳時記』に依れば「地久節」の名称は公には用ゐられてゐない由。さう言へば「紀元節」「天長節」の御題は数多拝するが「地久節」は見えず、全て「皇后宮の御誕辰」とされてゐる。

詞書に「桃林朝」とあるが、香淳皇后のお印は「桃」であられたので之に因んで詠まれたのであらう。

忠靈塔

おごそかにたてたる塔のいやたかき功はくちじいつの世までも

敷しまのやまとだましひいつきたる塔はさながら国つ神なり

ゆるぎなき国のかためのしるしとも見えてたふとく塔のそびゆる

麓春雨

夕まぐれ藻の香しめりて磯山のふもとのさとに春雨のふる

押花

なつかしき思ひ出なりやよこもじの書のなかなるふるき押ばな

幸あれとおくりおこせしおし花の四つ葉にこもるこころうれしも

海南嶋《ママ》の朝顔の押花を見て

朝がほをこのおし花にせしときや古里いかにこひしかりけむ

海南島―広東省南部の方向に在る島。面積三万四千平方キロ。

神苑花菖蒲

名どころの一つとなりて花あやめ神のみそのに咲きにほふなり

花あやめ数もたぐひもとしどしにましてさくなり神の御そのに

漁船

いさり船いざといさみて海士人が今かともづなとかむとすらむ

遠つあふみ見わたす沖によもすがらいさり火あかしつるやなに魚

東宮の葉山の海に浮べる船をかき給ひし絵を見て

北南とほくいでゆくいさりぶね月日かさねていつかへるらむ

船ぞこにをどる大魚しめしつつ老いたるあまのほこりがほなる

晴夜稲妻

はるる夜の星の光をかきけちて浜田をはしるいなづまのかげ

けち―消ち（消し）。

葛花

女郎花つゆにぬれふす野づかさをふく秋かぜに葛のはなちる

秋かぜのかへす葉かげに花みえてゆふべさびしき庭の葛はら

野づかさ—野阜。野原の中の小高くなつてゐる所。

光明皇后

大御しなをさめ給ひし御こころを仰ぐもかしこ今もみくらに

さながらの仏にましきみがかししまことの光あきらかにして

光明皇后—第四十五代聖武天皇の皇后。その名の如く美貌にまして、奈良法華寺の十一面観音像のモデルと伝へられる。仏教への信仰篤く、興福寺、東大寺、国分寺等の建立も皇后の進言に依ると言ふ。又、皇后は社会救済事業にも御熱心に取組み施薬院（病人に薬草を施す施設）、悲田院（孤児収容施設）を設けられた。就中、癩病患者の膿を吸ひ取られた話は有名である。天皇の崩御後その御遺品を東大寺に納められたが、これが正倉院御物の中心を成してゐる。

貞明皇后は、光明皇后のこのやうな御心を見習ひ給ひて、救癩事業にも多大な力を尽された。

万民祝

よろづ民いはひこそすれはつくにをしろしめしけむみよをたたへて

君が代を八千代といはふたみのこゑ天にとどろき地をうごかす

禁庭菊　明治節

御園生の菊の千ぐさの花のいろにめでたきとしの秋をこそ見れ

晩秋

くれて行く秋ぞさびしき庭のおもに椎の実落つる音ばかりして

棉の実も大かた摘みし山ばたの夕かぜ寒く秋はいぬめり

折にふれて

そで寒き風もいとはずくすりぐさことしもかりつやむ人のため

衆生恩

物みなのめぐみをひろくうけずして世にありえめや一時をだに

昭和十六年

漁村曙　御会始

紫のくもたなびきて海士のすむ千もと松原いま明けむとす

年いはふしるしの松も見えそめてあけぼの清しあまの家むら

竹上霜

あけがたの風やさえけむ中庭の竹の葉しだり霜のおきたる

十二月ごろ

さざんくわのしろき花ちるこのあしたにはかにしげしひえ鳥の声

読史　紀元節

すめぐにの民てふことをこころにて内外のふみは見るべかりけり

堤柳

わたし船つなぐ堤のふるやなぎかた枝もえたり春のしるしに

春野　皇后宮御誕辰

岡のへのきぎしのこゑものどかにてすみれさく野にかげろふのたつ

遺書

をゝしさにまづなかれけり国のためのこしし文のあけにそむみて

君のためつくしてよとのおやの文子より子の手につたへゆかなむ

松間藤　天長節

なつかしく松の木の間に匂ふみゆ若むらさきの藤なみのはな

春夕

風さむく吹きはじめたる夕べすら窓さしかぬる花ざかりかな

梨のはなきよくしづけし夕月もまだほのめかぬたそがれのには

註―佐々木信綱『謹解本』に依れば、この御歌は四月の長秋舎の歌会の御題「春夕」の御歌である由。『謹解本』には『御集』所載の前掲二首の他、次なる一首が紹介されてゐる。「青柳のはなだの糸のうちけぶるゆふべの軒につばめさゝやく」。「はなだ」は「縹」で、薄い藍色。

幟稀なり

つつましき親のこころもしられけりたてるのぼりのすくなかるにも

常ならぬ時をしるして大ぞらにをどるのぼりの鯉も少し

註―佐々木信綱『謹解本』に同じ詞書にて『御集』所載の前掲二首の他、次なる一首が紹介されてゐる「吹きすさぶ風のなごみて五月晴のぼりたつべき世にかへらなむ」。その謹解に曰く「五月の端午を祝ふ鯉幟が、主として衣料とする布地の逼迫から、稀にしか見受けられぬ御意と拝する。吹き荒れる時代の風がなごやかになつて、五月晴の空に、雄々しく端午の幟がひるがへり立つべき世の中にかへつてほしいものである」と。

苺

はたもせにてれるいちごを籠にみてて御子につぎつぎおくるたのしさ
千早ふる神のをとめの手にまきしあか玉なして苺みのれり

誕生日におもひがけもなくうちうちにて
御製を賜はりけるかしこさに

御そのふのさつきつつじのはなのいろも見えてかしこしこの大御うた

涼しげなるもの

むらさきのはりのうつはにのびたちしきぬ糸ぐさのうつるすずしさ

きぬ糸ぐさ──絹糸草。大粟反《おほあはがへり》（チモシー）の種子を水盤の綿に撒き、萌え出る鮮やか緑色とその涼味を愛でる草。

打水の名残のつゆに月かげもほのめきそめて夕すずしき

岩間より噴きいづるみづにぬれながらさける小草の花のすずしさ

泉

むすびてむひさご持てこといひもせむ見るだに涼し山の井のみづ

里月

とりいれに夜もにぎはふ里なれど月かげのみは空にしづけし

村雨のすぎにし里の月きよしそこはかとなく人声もして

棉

耳に聞き絵に見し棉の花も実もおほしてぞしる常ならぬ時

棉——綿布を作るわたの木。佐々木信綱『謹解本』に曰く「宮廷の奥深き御生活では、棉のやうな日常生活に縁の深い植物の生態については、具体的にみそなはす折とてもなかつたのであらうが、いはゆる非常時の自給態勢となつて、御みづから御苑のうちに棉の木を栽培あそばされて、はじめて、棉の花をも実をも実見あそばされたといふ、つつましい御欣びを率直にうたはせられた」と。

おほして——生ほして。植物を大きく育てて。

去年より棉をつくりはじめて思ふ事ども

草わたの生ひたつさまの見らるるも物たらぬ世にあへばなりけり

処せき身は遠からぬわたはたの実をさへ人につませてぞ見る

美しき色にはなさく畑のわたおもはぬ秋のながめなりけり

寄菊祝

今年より竹のそのふに咲きそめて千代の香たかき菊のふた本

三笠山ふもとのきくは千代かけてちぎりかはらぬ花にさきなむ

社頭橋　明治節

真玉なすそこのさざれも見えすきてわたるも清し宇治の神橋

たきの尾のめ神のみやを拝まむと丸木の橋もわたり来にけり

たきの尾のめ神のみや―日光二荒山神社別宮瀧尾神社。御祭神は田心《たごり》姫《ひめ》命。

海上月

ふな歌も遠くきこゆるなみのうへをこころひろくも月ぞてらせる

社頭祈世

世をまもる神の心にうたへつつふしてこひのむ今のこのとき

うたへ――「訴へ」の促音無表記。

山紅葉

ちごを手にみどり子を背にわかづまのふしをがむみゆ御鳥居のへに

そめのこすかたのありてぞみやまぢのもみぢのいろははえまさりける

暁霧

暁と鳥はなけどもわがやまの木立もみせずきりのこめたる

昭和十七年

連峯雲　御会始

のぼる日のいろにぞにほふ朝空のをちにつらなる峯のしらくも

みねごとに朝たつくものゆくへさへ南の海をさすかとぞ思ふ

社頭雪

かむたからをさめしくらをたふとくも清くもつつむ年のはつゆき

社頭春風　紀元節

神山の檜原まつ原をたけびのこゑかと春の風もきこゆる

光

ふつぬしのかみのみ光あふがれむみいくさびとのはけるたちには

ふつぬしのかみ—経津主神。鋭利な刀の「フツ」と斬る音よりして、その神威を表してゐる。記紀の伝承に相違が見られるが、天孫降臨に先立ち出雲にて国譲りの交渉に際して功があつた。

めしひたるたけをの書きしその文字のこころの光めにはしむなり

朝鶯　皇后宮御誕辰

大世崎いり江のなみの朝なぎにたかく聞こゆる鶯のこゑ

新聞にこころひかれてゐるあさのみみおどろかす鶯のこゑ

春暁　天長節

松原は遠くかすみてほしひとつみそらに光る春のあかつき

御夢にもみ国のことや見ますらむのどけき春のあかつきにさへ

山路藤

折りかざす舞人もがなやままつの梢にかかる藤波の花

夏牧場

むらさきのあふちの花もさくみえてまきの青くさかぜになみよる

子ひつじも親にそひつつあそぶみゆまきのあかしや花ざかりにて

傷兵

なぐさめむこと葉もしらずたちいでぬいたでになやむ姿みかねて

註―佐々木信綱『謹解本』には同じ詞書の別の一首が載る「いさゝかと傷をうちけす言葉にもをゝしき心みちみちて見ゆ」。

渚鷺

五位さぎのなぎさあさるはひとつなり巣ごもるひなをもるかそのめは

いをあさることにやあきし白さぎのなぎさにひとつたちてねぶれる

鷺のかげ追ふともなしに来て見れば海のなぎさにおりて魚ねらふ

なりはひ

おもふにはかなはぬ事のおほからむそのなりはひに身を尽しても

勝ちぬかむまごころ見せてなりはひにつよきちからを人のうちこむ

桂花

なつかしきかどともしらずすぎやせむ桂のはなのかをらざりせば

秋滝

まるき橋わたりてゆけば折よくも秋ぎりたれてたきの見えくる

ものすごき滝のほとりもくさのはなにほひて秋はみやびかに見ゆ

禁苑菊　明治節

みそなはす時やまつらむみそのふの大菊小ぎく色香きそひて

みそなはすみいとまもがな九重の御庭の菊は今さかりなり

野菊

七草の花のさかりはややすぎて秋の末野に菊の花さく

註—主婦の友社版『御歌集』には第二句が「春のさかり」となつてゐるが書陵部編成『御集』には楷書で書けば「春」ではなく「花」とある。「春のさかり」が「ややすぎて—暫らくして」いきなり「秋の末」にならう筈が無い。此処の七草は秋のそれ（萩・薄・葛・撫子・女郎花・藤袴・桔梗）を指し給ひしもの。

昭和十八年

農村新年　御会始

雪白き富士を見あぐるむらむらにひつぢ田みえてかへる年かな

ひつぢ田—穭《ひつぢ》（刈取りを終へた後の株から伸び出した稲）が一面に生えた田。「ひづち」「ひつち」とも言ふ。

村人の年のはじめの笑顔にも去年のゆたけさ見えてうれしき

晴雪

初雪のうすくつもれるつげの木にあかねさす日の光かがよふ

浅みどりはれゆく空の映ろひてやねに立木にゆきのひかれる

笑

なにごとかいふたび毎にをとめ子はこたへにかへてわらひごゑたつ

耐寒

たのもしき冬にぞありける寒さにも勝ちとほさむと人のきほひて

若人はやがて召されむこころもて身をねるわざに冬もきほへり

梅林　紀元節

春ごとに一木一木とうゑそへてかをりにみてり梅のをはやし

海のまもり

皇国の海のまもりをかためなむよる仇なみもかひなかるべく

鳥船はくものなみ間に見はりしてうみの底なるまもりをもする

皇后宮の御誕辰に海辺松を

磯山の松のむらだち万代のこゑをほつ枝にあげて栄行く

庭上鶴　天長節

日の丸のはたのなみよる市路までひびき行くらむ庭のたづがね

久しくもかひならし来しわが庭にまたるるものはひなづるのこゑ

社頭朝

神がきをめぐる小川の庭たたきいはづたひする朝のしづけさ

庭たたき――鶺鴒。

養魚

たのしげに子らはかひけりいろくづの名もそのさがもひろくおぼえて

旅宿梅雨

つれづれにたへて幾日かやどりけむ旅路をふさぐつゆのながめに

ひるがほ

むかしより人のいのちをのぶといふ枸杞のはたけにひるがほのさく

砂はまのをかとりいれしわが庭にふみまよふまでひるがほのさく

失明軍人を慰む

君がためまなこささげしますらをのこころのなやみきかまくもおもふ

いのるかな目をうしなひしますらをのほがらかなれとすくよかなれと

註―佐々木信綱『謹解本』には同じ詞書の別の一首が載る「この後《のち》の神のまもりを祈るかなまなこさゝげしますらをのため」。

失明軍人に時計を下賜せらるとて

慰めむことの葉をなみときつぐるうつはの音にゆだねてぞやる

折にふれて

たまひつる御苑の菊のはなの香にくらきこころもはれわたりけむ

大みうた指によみとる度毎にこころはつよくひきたちぬべし

こころにて物みるひとのをさも悟られにけりまのあたりみて

人々の慰めのうたを見て

とりどりのこころの花をまさやかにこゑにうつしてきかせてしがな

寄人千葉胤明の八十の齢を重ぬるにあたり
御盃賜はりけるをいはひて

三つの御代の大み栄えをあふぎつつみちにつくしし功たかしも

八十の坂さかえてやすくのぼりゆく師をこそたのめ道のしをりと

千葉胤明―佐賀県生れ。御歌所寄人。昭和二十八年八十九歳にて歿。

夏菊

時はやき瓜をとらせてかへるさの道にしてみる夏ぎくのはな

芝生月

砌までつづくしば生のひろければさす月影もここちよげなり

松かさ

ひろひてもひろひつくさぬ松かさに更けゆく秋をしる磯辺かな

しづかなる庭のまさごぢまつかさのをりをりおつる音のきこゆる

秋庭

美しとなれもかもみむにはたたき板井のもとのつはぶきのはな

柿の実のいろづく庭ぞおもしろきめじろさへづるこゑもきこえて

暁海　明治節

島やまに月かたぶきて静かにもしらみそめたり大海の原

幸おほくつめる船かもこぎかへるろの音高しあかつきのうみ

軍国歳暮

草も木もいくさのにはのものとしてつぎつぎいづるとしのくれかな

女らも男の子たすけてみいくさのわざにぞはげむとしのくれにも

かしづきし子はみいくさにめされいでて親やさびしく年おくるらむ

あづさゆみいる矢のごとく月日へぬしりへの守りおくれがちにて

昭和十九年

海上日出　御会始

浜松のはごしにみえてなみたたぬ沖より朝の日はのぼり来ぬ

朝ぐもをおしひらきつつのぼる日に八重の潮路のなみぞかがやく

朝氷

北風のけさはいとどもさえつらむ南におきし水もこほりぬ

今朝もまた池の氷をみてぞおもふ千しまのはての防人の身を

竹林鶯　紀元節

あさがすみたちわたりたる竹むらに初音もらしてうぐひすのなく

護國神社

遺されしまな子はぐくむあらましもまづこの神につげて定めむ

まな子——愛子《まなご》。いとしご。

早春雨

うち霞みふるとはすれど春雨の空とも見えずはだ寒くして

梅香遍　皇后宮御誕辰

いづ方もうめさかりにて春かぜのさとより里に香をもつたふる

潜水艦

海の底くぐりくぐりて鳥ふねにおとらぬいさをたつるこのふね

あだのふね目のまへにして水底にかくるる時のこころをぞおもふ

日章旗　天長節

日のまるのはたなみつづくよき日かなみ門がはらを人のうづみて

苗代蛙

ゆだねまく時やちかづく水こゆる苗代小田に蛙なくなり

ゆだね――斎種。祭に依り斎《い》み清められた稲の種子。

木のめつむ山のふもとのなはしろにゆふ日うつりて蛙なくなり

桑の若葉

わかばさす桑のはたけぞうつくしきこがひのわざも今かはじむる

つみとりし桑の新葉にうもれつつこがひはげみし夏をこそ思へ

折にふれての祈り言

民こぞり守りつづけて皇国のつちはふますな一はしをだに

皇国はいふにおよばず大あじあ国のことごとすくはしめませ

折にふれて

人としてみききするだにうとましきたたかひすなりながき年月

ますらをの命ささげし物がたり聞くだにわが身おきどころなし

いつくしみ深きたふときすめらぎの大みこころをしるや国たみ

ほしくさ

召されつるこまにおくらむ心にてをとめも草をかりやほすらむ

たび人のをがさかくししそれならむ大野が原にかをるほしくさ

をがさ──小笠かくしし。旅人の小さな笠も隠れる程に茂つてゐた。

今日しもぞかへしたりけむほし草のあたらしき香の野路にあふるる

釣

うらやみてつらむとすれどおもふほど釣りえぬものか小さき魚だに

河中にあしつきすゑて魚をつる人のこころのながさをぞ思ふ

初秋

垣もとのしろきむくげにかよひ来てさはやかなりや初秋の風

ははき木の花もたねにやなりつらむ雀よりくるはつあきのには

ははき木—帚木。「帚草」の別名。

三日月のかげもみ空にすむみえてばせをにかよふ初秋のかぜ

神苑灯

神そのにしみ立つまつの木の間よりしづかにもるるみあかしのかげ

しみ—茂。よく茂る。繁茂。

大み代のひかりとぞみる靖國のかみのそのふのともし火のかげ

婦人勤労奉仕

たわやめも身をぬきいでてみいくさのわざにつとむる世にこそありけれ

ぬふはりのひとめひとめに女たちこころこむらむみいくさの為

寄山祝　明治節

亜細亜くにともにあらなむたかくひきくつらなる山の動きなきごと

天そそる富士の高ねをうつくしきくにの姿によそへてぞみる

新穀

小田びとのこころづくしの新米をみはしにとらすみまつりたふと

新米のつみ荷つきぬとみやこびと時代うつしてよろこびかはす

神楽

さよ神楽たけなはにしてかがりたくみ庭ましろに霜もふりたり

いと竹のひびきもさえて夜もすがらかぐらぞつづく神のみまへに

昭和二十年

社頭寒梅　御会始

かちいくさいのるとまゐるみやしろのはやしの梅は早さきにけり

柳風静　紀元節

佐保川のはるをしぞおもふわが軒のやなぎの風のしづかなるにも

註―万葉集巻第八・大伴坂上郎女柳歌（二首の中より）―うちのぼる佐保の河原の青柳は今は春べとなりにけるかも

天つ日のひかりかすめる宝田のみほりのやなぎ風しづかなり

宝田―「宝」は金銀財宝のそれではなく、天子に関することに用ゐる接頭語。皇居内の生物学御研究所の側に在る田圃を指すものと思はれる。

春草　皇后宮御誕辰

ふふみたる桃の林にもえいでて浅みどりにもけぶるわかくさ

春神祇　天長節

わかくさのわかわかしくていますべく万代かけてかみぞもらさむ

雅楽　明治節

千年へしもののしらべもすすみたる御代にいよいよさかえしめなむ

松かげのむしろにかよふものの音をさわがしきよも忘れてぞきく

昭和二十一年

松上雪　御会始

そのままのすがたながらにおもしろくふりつもりける松のしらゆき

ゆく道をうづみてつもる雪なれどしるべのまつはかくさざりけり

寒げにもみえわたるかな焼あとに一もとのこるまつのしらゆき

家

日あたりにむきてたてたる家々はそだちゆく子のためによからむ

春水　紀元節

わらはらやひきおとしけむいささ川田芹うかべてながれゆくみゆ

わらはらや——童等や。子供達であらうか。

丘若菜

いそいそとわか菜つむべくのぼるかなをかの木の間に富士をみながら

わか菜つむをかべの春ぞのどかなるふもとの里に梅もかをりて

竹林鴬　皇后宮御誕辰

このきみとしたひ来つらむ鴬の枝づたひして鳴く声のする

網

たくみにもかけわたしたり谷あひに鳥のゆく手をはばむ大あみ

おもしろく海辺のけしきよそほひてまきゐせし如あみかけわたす

三十まりの人手にたぐる大あみの重くながきにおどろかれぬる

まり―余り。その数より、やや多い時に言ふ。

昭和二十二年

翁

数をおほみうまごの名すらおぼえずとかたる翁のさちをこそおもへ

子も孫もみな身をたててさかゆてふ翁のかほのおもひなげなる

春月寒

照る月の光もしろしかぜさえてかすむともなき春のよぞらに

さきそめし梅のはなさへこほるかとみえてさむけし春の夜の月

初午のかぐらのこゑもをさまりてつきかげ寒し夜のふけ行けば

木偶

くぐつ師のたまもこもりてをどるらし千もとざくらの花かげにして

春海　天長節

あま小船かぢひきむけてゆたかにもかすみたなびく春のうみゆく

神苑橋　明治節

ねぎごとは母にまかせてうなゐらの渡りてあそぶ神そののはし

おもふことかけつらねても幾たびかわたり来にけむ神そののはし

昭和二十三年

春山　御会始

みわたせば檜山まつ山いとはやもさかゆく春のいろになりぬる

望嶽　紀元節

おそろしきかぐのみかみのいますてふ事も忘れてあふぐあさまね

かぐのみかみ―記紀に載る火の神。伊邪那岐命、伊邪那美命の間に生れた火《ひ》之《の》迦《か》具《ぐ》土神《つちのかみ》。この神の為に伊邪那美命は陰部を焼かれて亡くなられ、伊邪那岐命は十《と》拳剣《つかのつるぎ》を以て火の神を斬り殺された。

桃園　皇后宮御誕辰

ひなまつる子らにわけてもわがそののさかりの桃をおくりやりてむ

青柳もけしきとなりてなびくみゆそのの緋桃の花ざかりにて

巖上松　天長節

根をみきを何によりてかやしなへるしみ栄えたる岩のうへの松

牧野伸顕の米寿を祝ひ亀のおきものにそへて

神かけて千代のはじめを祈るかな三世に仕へしまめびとのため

牧野伸顕―文久元年薩摩藩士の家に生る。経歴は多彩であり略述すると、明治三十九年文部大臣、四十二年枢密顧問官。明治から大正にかけて農商務大臣、外務大臣、大正十年宮内大臣、十四年内大臣となり(この年伯爵に陞る)昭和十年十二月まで在任。五・一五、二・二六両事件では君側の奸として襲撃を受けるも難を逃る。昭和二十四年病歿。行年八十九。

昭和二十四年

朝雪　御会始

うすうすとかかれる松の白雪にわが朝庭もおもがはりせり

あまぎらふ雪に大路もうもれけむものしづかなりけさの朝あけ

早春庭

玉椿さきこそにほへわが庭にはるのこころを早もしめして

暁鶯　皇后宮御誕辰

あかつきのさむきまどをもあけてけりなく鶯のこゑにひかれて

鶯もよき日祝ひて歌ふらしほのしらみゆく桃のはやしに

寄道祝　天長節

手をとりてなごやかに行く道にこそさかえゆく世の花もにほはめ

昭和二十五年

若草　御会始

たちなほるくにの力をみるごとし日々のびてゆく庭の小草に

さみどりの小ぐさつぎつぎつみためつみ雪のこれるそのをめぐりて

池水澄　天長節

夜は月昼は日かげをうつしもてみいけの水のすみまさりゆく

都新緑

行く人も夏よそひしてすがすがし大路のなみ木若葉さすころ

御木本幸吉のいさをを思ひて寄貝祝といふ事を

わかきよりかけしのぞみの実はつひによくもむすびぬ貝のまたまに

御木本幸吉―安政五年今の三重県鳥羽市生れ。真珠養殖の創始者。「世界の真珠王」と称へられる。昭和二十九年歿。行年九十六。

昭和二十六年

朝空　御会始

このねぬる朝けのそらにひかりありのぼる日かげはまだみえねども

このねぬる――「朝」の枕詞説（佐々木信綱他）と、さうではないと言ふ説（澤潟久孝）と両方あるが、何れにしろ意味は「この夜をよく寝た」。

佐々木信綱『謹解本』に曰く「終戦後すでに六年、朝鮮の空には、漠々たる戦雲が立ちこめてはをるが、今年こそ講和の締結といふ希望が、国民の心の隅々にまで浸透してゐる昭和二十六年の初頭にあたつて、この御歌を拝することはまことに意義が深い。日はいまだ昇らぬけれども、日の出の時は間近い。その光明が、すでに東天にあらはれてをる、と詠ませられたもの。晴朗にして気魄ある御歌と申しまつるべきである。しかも此の御歌が、歌御会始の御歌の最後とならせ給うたのであるから、特に巻末に掲げまつり（筆者註―この御歌は『謹解本』巻末に謹載されてゐる）、謹みて貞明皇后をしのびまつる次第である。」と。

竹林群雀　天長節

ちよちよとよき日祝ひてむらすずめ竹のはやしに歌ひかはせり

昭和年次不詳

夏のはじめに古郷藤を

古さとの庭の木の間に夏かけてさくらむ藤のさかりをぞ思ふ

飛ぶ鳥のつばさかりてもゆきて見む花の香たかきふるさとの藤

首夏林

わが庭の楓あをめり多摩やまのくぬぎばやしもかくこそあるらし

首夏風

老松のかぜをあさ夕はしどのにいでてもまたむ夏は来にけり

朝早苗

仮宮にちかき小山田ううる子のうた声きこゆあさまだきより

園中滝

海なせるみそのの池の枝ながれつたひつつゆけばたきのおとする

ひろしばのみそののおくに山中のくまぢおぼえてたきのかかれる

民生委員の労苦またはその他の社会事業
につきて思ふ事ども

さまざまにこころつくしてひとの幸えしめむとするわざのうれしさ

うちあけていひとくすべをはかりなばなやみのいともほぐれ行きなむ

友のためまことつくしてなかなかにうらみらるべき時もありなむ

折にふれて

皇ぐにのほまれたてなむをみならもやまとごころの花をさかせて
都をばまもりかためよたわやめもおのがたましひふるひたたせて

御詩集

明治四十年

初夏

日霽南風拂錦衣
園林加綠透簾幃
紫藤躑躅棣棠發
初夏池邊春未歸

初夏

日霽《は》レテ南風錦衣ヲ払ヒ
園林緑ヲ加ヘ簾幃《れんゐ》ニ透ル
紫藤《しとう》躑躅《てきちょく》棣棠《ていたう》発《ひら》キ
初夏ノ池辺春未ダ帰ラズ

〔**語釈**〕霽―元々は「雨が止む」意であつたが、今は「晴」と同じ「雲が開いて日が照る」ことに用ゐられる。南風―南の風。南は季節では夏にあたるので「夏の風」とも。　錦衣―美しい衣服。　園林―園の中の林。簾幃―「すだれ」と「とばり」。　紫藤―紫色の藤。　躑躅―つつじ。　棣棠―やまぶき。　発―開に同じ。花が咲く。

〔**意訳**〕今日はすつきりと晴れ上がり、南風は美しい衣を撫でるやうに吹き、園の中の林には緑も加はり、その緑がすだれやとばりに透き通るやうに見えます。紫色の藤やつつじ、そして、やまぶきも春の花なのに今も花が開き、初夏の池の辺りはまるで春の季節の儘のやうです。

〔参考〕 既述の「『貞明皇后御詩集』概観」の項の稿本の①「貞明皇后御集」第一次稿本、②「貞明皇后御集」撰者添削第一次稿本、③撰者添削第二次稿本には、夫々、御詩の殆どにお詠み遊ばした日付或は月が記録されてゐる。それに依ればこの「初夏」は五月六日の御作である。しかも、この「初夏」の御詩は①では「五月六日」と言ふ日付そのものが題名とされてをり、③に至つて「初夏」と改められてゐる。これらの日付はおほむね正確である。例へば明治四十一年に「観菊会」と題された御詩があるが、これは十一月十四日の御作となつてゐる。『明治天皇紀』に依れば明治四十一年十一月十四日に赤坂離宮に於いて「観菊会」が催され、折柄、天皇は陸軍特別大演習統監の為奈良県下に行幸中にあらせられ、皇后が皇太子妃（註―後の貞明皇后）を伴ひ之に臨み給ひし旨記録されてゐる。

稿本に載る日付が完全無缺と迄は現時点では言へないであらうが、略正確である事は前述の通りであり、この後も各種稿本に日付或は月が記録されてゐる御詩に就いてはそれを参考欄に記しておく事とする。

なほ、宮内庁書陵部には五十八冊から成る『貞明皇后実録』なる史料が在り、しかもそれには「貞明皇后年譜」も附載されてゐる。これは非公開とされてゐて遺憾乍ら披見は差し許されなかつたが、これが公開されれば稿本に記録されてゐる日付の信憑性の程度が如何程であるか分る事と思はれる。

明治四十一年

池亭聞蛙

日暮憑欄對綠池
雨餘好景映清漪
蛙聲閣閣尤宜聽
似語似歌還似嗤

池亭蛙ヲ聞ク

日暮レテ欄ニ憑《よ》リ緑池《りょくち》ニ対ス
雨余ノ好景清漪《せいい》ニ映ジ
蛙声《あせい》閣閣尤モ宜シク聴クベシ
語ルニ似タリ歌フニ似タリ還《また》嗤《わら》フニ似タリ

〔語釈〕緑池―緑水《りょくすゐ》（木々の緑の映る水）なる熟語も有り、緑池は木々の緑の映る池であらう。　雨余―雨上がり。　清漪―漪は「さざなみ」。　閣閣―沢山の蛙が鳴く声。

〔意訳〕日も暮れ、欄干にもたれて木々の緑の映る池を見てゐると、雨上がりの好い光景が池の清らかなさざなみに映えて、沢山の蛙が鳴き交す声はとりわけ聴くのに好く、その声はまるで語るやうに、歌ふやうに、又、嗤ふやうに聞えます。

〔参考〕これは四月二十日の御作。

養蠶

満圃柔桑繁茂時
朝昏采采與蠶兒
須知飼養勤將惰
他日吐絲豐險基

養蚕

満圃ノ柔桑繁茂ノ時
朝昏采采蚕児ニ与フ
須ラク知ルベシ飼養勤ト惰ト
他日糸ヲ吐ク豊険ノ基ナルヲ

〔語釈〕采采―采は採で、採った上に更に採ること。　豊険―収量の多寡。険は「薄い」意。

〔意訳〕畠一杯に柔かい桑の繁茂する時、朝に夕に摘んで蚕の幼虫に与へます。飼養に当り一所懸命に世話するか否かが、やがて、糸を多く吐くか、少ないかの基となる事を是非知らねばなりません。

〔参考〕これは五月二十七日の御作。

「皇后陛下の御親蚕」に就いては前著『天地十分春風吹き満つ―大正天皇御製詩拝読』の大正元年の御製詩「養蚕」の参考欄に略述しておいたので御参照願ひたい。

夏日矚目　　夏日矚目《かじつしょくもく》

夏日清風過野園　　夏日清風野園《やゑん》ヲ過グ

麥麰漸熟穂方繁　　麦麰《ばくぼう》漸ク熟シ穂方《まさ》ニ繁シ

村童野叟朝朝刈　　村童野叟《やそう》朝朝ニ刈リ

收穫豐多滿里門　　収穫豊多ニシテ里門《りもん》ニ満ツ

〔**語釈**〕野園―郊外の畠。　麦麰―大麦。　野叟―田舎のおぢいさん。　里門―里の入り口の門。其処から転じて、村里。

〔**意訳**〕季節は夏、爽やかな風が村々の畠を吹き渡る中、大麦は漸く熟し穂も本当に沢山付きました。村の子供も年寄りも朝毎に麦刈りに精を出し、大豊作の麦が村中に満ち満ちてゐます。

〔**参考**〕これは六月九日の御作。

柳陰撲螢　　柳陰蛍ヲ撲《う》ツ

新月未升楊柳垂　　新月未ダ升《のぼ》ラズ楊柳垂ル

群螢聚散野川涯　　群蛍聚散《しゅうさん》ス野川《やせん》ノ涯《みぎは》
命僮捕獲滿囊袋　　僮《しもべ》ニ捕獲ヲ命ジ嚢袋《なうたい》ニ満タシメ
歸照詩書思昔時　　帰リテ詩書ヲ照シ昔時《せきじ》ヲ思フ

〔語釈〕 撲蛍─「撲」には「相撲」や「打撲」が連想され穏やかではないやうであるが、本来この字は「軽くうつ」事であり「蛍狩り」の謂である。　新月─鮮やかな月。　升─昇、陞に同じ。楊柳─やなぎ。『天地十分春風吹き満つ』の「日比谷公園」（明治三十七年）を参照されたい。　野川─野原を流れる川。　涯─水辺。僮─召使。

〔意訳〕 東の空にはまだ月は昇らず、やなぎの枝も垂れ、沢山の蛍が自然のままの川の辺に集つたり、散つたりしてゐます。侍臣にその蛍を袋一杯に捕へさせて、帰つて、蛍の光で詩の本を照らして読み、苦労して勉学に励んだ古人を偲んでゐるのです。

〔参考〕 これは六月十七日の御作とある。此処の「新月」は満月の対の月ではない。電網検索に依れば明治四十一年六月十七日は月齢十八でありほぼ満月に近かつた（この年の、この月の満月は十四日、殆ど見えない方の新月は二十九日）。
　大正天皇は大正五年に「観蛍」の御製詩をお詠みになられたが、そこには「水辺ノ蛍火星ノ如ク乱レ、又詩書ヲ照シテ殿幃ニ入ル」とある。又、『大正天皇御集』の御製の部には七首の蛍に関する御製が載り、全て皇居内の御様子と拝察されるが、明治三十一年の部に「夕やみの空にみだれて飛ぶ蛍遠き花火をみるこゝちする」とあり「群蛍聚散」そのものにあらずやと拝し奉る。

『類纂新輯明治天皇御集』には蛍を詠み給ひし御製が六十七首見え、その内容から拝察して皇居内の模様をお詠み遊ばしたと拝される御製は五十七首。それらの御製の中に「あつめにし昔がたりをいひいでてひらきしまどに蛍とぶなり」の一首を拝し、この御製からは直ちに、貞明皇后のこの御詩が聯想される。

右の事どもからして明治、大正の御代の皇居内には正に「群蛍聚散」してゐたのは明瞭である。ところが、何時の頃からか、皇居内の蛍は激減せる模様で、昭和五十四年、当時の侍従長入江相政氏編になる『宮中歳時記』、「蛍の乱舞」の項には「皇居の夏の夜の風物詩といえば蛍であろう。吹上御苑の一隅にある観瀑亭付近、乾通りに沿った山吹の流れ、宮殿南庭の流れの三か所が蛍の生息地である。山吹の流れにはずっと以前から蛍が棲《す》みついていたと伝えられていて、陛下はなんとか皇居にも蛍を再現させたいとお考えになった。（中略）苦節一〇年、昭和十九年に初めて吹上御苑に蛍が発見され、両陛下で観瀑亭の池にお出かけになって数匹の蛍の乱舞を感慨深くご覧になったのである。云々」とあり、昭和天皇の御熱意に依り皇居内に昔日の「蛍の乱舞」が蘇つたのである。平成十二年五月筆者は皇居勤労奉仕の折、宮殿南庭も拝観させて頂いたが、その際の係員の説明に依れば勿論今も蛍が多く見られるとの事であつた。

ところで、この御詩の結句「思昔時」或は、明治天皇御製の「あつめにし昔がたり」は車胤《しゃいん》の蛍火の故事（支那の晋代、車胤は貧にして灯火の油を買ふ能はず。夏に数十の蛍を袋に集めて刻苦勉励、後日大を成した。）であらう。「蛍雪の功」の故事は我国でも『童子教』にも載るくらゐ庶民にもよく知られてゐたやうであるが、実は本朝には車胤に勝るとも劣らぬ御仁が居る。江戸後期の農学者にして兵学にも造詣深かりし佐藤信淵は江戸遊学の当初、赤貧の中、油を買ふ銭も無く、線香を焚いてその薄い光で勉学に励んだと伝へられる。いくら何でも「線香を焚いて」とは思ふが、『日本偉人伝（上）』（菊池寛編、昭和二年文藝春秋社刊）にさう載つてゐる。

梅雨

冷氣如秋五月天
梅霖連日晝蕭然
彈琴散鬱幽窗下
獨和清音有杜鵑

梅雨

冷気秋ノ如シ五月ノ天
梅霖連日昼蕭然《せうぜん》
弾琴鬱ヲ散ズ幽窓ノ下
独リ清音《せいおん》ニ和シテ杜鵑有リ

〔**語釈**〕天―気候。天候。　梅霖―梅雨。五月雨。　蕭然―ものさびしい。　鬱―気が塞ぎ、滅入る。　散―

気持を晴々させる。　幽─場所的に奥深く、しづかな事。　下─場所的に間近い事。　和─声や調子を合せる。

〔意訳〕この五月の天候は冷気ただよひまるで秋のやうで、連日の梅雨で昼も尚物寂しく思はれます。こんな時、奥深い窓辺に琴を弾いて滅入勝ちな気を散じてゐると、その清らかな音色に和するのは、たゞ杜鵑《ほととぎす》だけ。

〔参考〕これは七月一日の御作とある。

処で、大正天皇御製の中に東宮時代の御作にて年代不詳とされる御製が見えるが、或は貞明皇后（御作の当時は東宮妃）のこの御詩と同じ頃の御製にあらずやと推察仕る。

大正天皇御製「梅雨」（東宮時代なるも年代不詳）

いかばかりふる梅雨《さみだれ》か池水もうき藻とともに庭にあふるる

梅雨放晴《はうせい》

積雨《せきう》潺潺《せんせん》幾細流
閑園樹下緑苔稠《しげ》ル
南風一陣濃雲散ジ

梅雨放晴

積雨潺潺幾細流
閑園樹下緑苔稠
南風一陣濃雲散

池上方看月影浮　　池上方ニ看ル月影浮ブヲ

〔語釈〕放晴—晴れる。「放」は「（その時に）当る」の意。　積雨—長雨。　潺潺—浅い水の流れ。又、その水流の音。　稠—稠密の熟語があるやうに、混み合つてしげる事。　陣—一陣はひとしきり戦ふ事。其処から転じて、或る事がひとしきり続いたり、俄かにさうなつたりする事。

〔意訳〕〔梅雨の晴れ間〕長雨続きで彼方此方に細い水が流れ、閑《しづ》かな庭園の木々の下はびつしりと緑の苔に蔽はれてしまひました。そんな時、南の風がひとしきり吹き渡り、垂れ込めてゐた雲も吹飛ばされて、池には丁度月影が浮んでゐます。

〔参考〕これは七月八日の御作とある。

晃山遇暴風雨　　晃山暴風雨ニ遇フ

避暑來遊晃嶽陰　　暑ヲ避ケ来遊《らいいう》ス晃嶽ノ陰
唯聞流水梵鐘音　　唯ダ流水ト梵鐘ノ音トヲ聞クノミ
俄然吹起暴風雨　　俄然吹キ起ル暴風雨
夢覺枕頭宵已深　　夢覚メ枕頭宵已ニ深シ

〔語釈〕晃山―日光田母沢御用邸周辺の男体山等の山々。

〔意訳〕帝都の暑さを避けて日光の山陰に来てみれば、此処は唯、流水と梵鐘の音とを聞くのみの閑静な所。ところが、俄然暴風雨が吹き起り、夢も覚めてみると枕辺は已に宵も深い時でした。

〔参考〕これは八月とのみ記され日付は無い。『明治天皇紀』に依れば、皇太子、同妃は八月六日より日光田母沢に避暑、皇太子殿下は九月八日に日光をお発ち東北地方巡啓、十月十日東京に還啓。妃殿下は九月二十二日に東京に還啓の由である。

初秋偶成

暑退乾坤秋色來
涼風爽氣滿樓臺
叢中蟋蟀吟如待
雲散山頭新月開

初秋偶成

暑退キ乾坤秋色来リ
涼風爽気楼台ニ満ツ
叢中ノ蟋蟀吟待ツガ如シ
雲ハ散ジ山頭新月開ク

〔語釈〕山頭―山頂。　開―離れる。　新月―既出。
〔意訳〕暑さも去り、天地の万物は秋の気配となり、涼しい風、爽やかな大気が此の楼台に満ちてゐます。叢の中では蟋蟀が今にも鳴き出さうと待つてゐるかの如くで、雲は散り失せ、山頂を離れた新月が見えます。

〔参考〕これも八月とのみ記され日付は無い。

晩秋田家

田圃縦横町又町
晩秋落照報朝晴
定知明日黄雲裡
刈稲農夫相競争

晩秋田家《でんか》

田圃《でんぼ》縦横町《ちやう》又町
晩秋落照朝晴《らくせうてうせい》ヲ報ズ
定メテ知ル明日黄雲《くわううん》ノ裡
稲ヲ刈ル農夫相《たがひ》ニ競争スルヲ

〔語釈〕田家―田舎。田圃―たんぼ。町―田圃のあぜ。落照―夕日。黄雲―稲や麦が収穫期となり黄色く熟してゐる様。相―互。

〔意訳〕田圃には畦が縦横に走り、晩秋の夕日は明朝の晴天を知らせてゐます。明日は必ず、この黄色く熟した田圃で、農夫達がお互ひに競争して稲刈をすることでせう。

〔参考〕これは九月三十日の御作とある。

秋日山行

氣霽天高明斷霞
四山紅葉艶於花
可憐野菊導吾去
歩歩不知歸路遐

秋日山行

気霽《は》レ天高ク断霞《だんか》明ラカニ
四山《しざん》ノ紅葉花ヨリモ艶《えん》ナリ
憐レムベシ野菊吾ヲ導キ去ルハ
歩歩帰路ノ遐《とほ》キヲ知ラズ

〔語釈〕 気—天気。　霽—雲、霧、霞、雨、雪がはれる。　断霞—「断」は「切断」の意味ではなく、「断雲—千切れ雲」の「断・切れ端」。　四山—四方（周囲）の山々。　艶—華やかで美しい。　憐—「可哀想」ではなく「愛でる」「愛《を》しむ」の意。　去—動作が継続することを示す助辞。　遐—とほい。「遠遐《ゑんか》」「遐遠」両方の熟語が有り、距離的な差異は無いと思はれる。押韻の上から「遐」を用ゐられた。

〔意訳〕 天気は霽れ、空は澄んで高く、千切れたやうな霞も、それと分り、周りの山々の紅葉は春の花よりも華やかで美しい。野菊が私を導くやうに咲いてゐるのも憐れで、歩いてゐるうちに帰路が遠くなつてしまつたのにも気付きませんでした。

〔参考〕 これは十月七日の御作とある。

秋日遊山寺

山樹染紅秋正深
趁晴尋勝此登臨
鐘聲報午祇園靜
乘興不知斜日沈

秋日山寺ニ遊ブ

山樹紅ニ染マリ秋正ニ深ク
晴ヲ趁《お》ヒ勝ヲ尋ネ此ニ登臨ス
鐘声午ヲ報ジ祇園《ぎをん》静カナリ
興ニ乗ジ知ラズ斜日ノ沈ムヲ

〔語釈〕 趁—「追趁《つゐちん》」の熟語も有るやうに此処では「追」と同じ。「求め、訪ねる」。晴—晴れた所。勝—良い景色。登臨—高所に上り、下を見下ろす。午—十二支の七番目や方位の南等ではなく、此処は「午の刻—正午」。祇園—お寺。

〔意訳〕 〔秋の或る日、山寺に遊んで〕山の樹木は紅葉も鮮やかに、正に秋酣。晴れた所を求め、景勝の地を尋ねてこの山寺に登り、辺りの景色を堪能しました。鐘は正午を告げ、山内《さんない》は静寂。興に乗ずるまま夕日の傾くのも知りませんでした。

〔参考〕 これは十月廿一日の御作とある。

小春矚目

秋氣如春風日暄
喜晴衆鳥囀聲繁
籬邊黄菊含清露
松際紅蘿映小軒

小春《せうしゆん》矚目

秋気春ノ如ク風日《ふうじつ》暄《あたた》カナリ
晴ヲ喜ビ衆鳥囀声《てんせい》繁ナリ
籬辺《りへん》ノ黄菊《くわうぎく》清露ヲ含ミ
松際ノ紅蘿《こうら》小軒ニ映ズ

〔**語釈**〕小春―陰暦十月の異称。参考欄にあるやうに、之は十月廿八日の御作である。明治四十一年のこの日は、陰暦では十月四日である。　気―存在する事は確実であるものの、目には見えないもの。　風日《ふうじつ》―風と日。天気。　暄―日差しがよく行渡つてあたたかい。　際―辺《ほとり》。　紅―あざやかな赤色。　蘿―つた。　小軒―小さな家。

〔**意訳**〕秋気は春のやうで、暄かな天気の日、この晴天を喜んで多くの鳥達が盛んに鳴き、籬《まがき》の周辺の黄色い菊は清らかな露を帯び、松に纏はるつたの紅色が小さな家に映えてゐます。

〔**参考**〕これは十月廿八日の御作とある。

觀菊會

節至小春暄日光
禁園秋菊競新粧
群臣陪宴千三百
共對鮮妍賞衆芳

観菊会

節ハ小春《せうしゅん》ニ至リ日光暄カナリ
禁園ノ秋菊新粧ヲ競フ
群臣宴ニ陪ス千三百
共ニ鮮妍《せんけん》ニ対シテ衆芳《しゅうはう》ヲ賞ス

〔語釈〕 陪―貴人の御傍に侍る。　鮮妍―鮮やかで妍《うる》はしい。　衆芳―芳香を放つ多くの花。

〔意訳〕 季節は小春となり日の光も暄か、禁園の秋菊は新たな粧ひで咲き競つてゐます。この観菊会の盛宴に陪する栄に与つた群臣は千三百名。皆共にえも言はれぬうるはしくもかぐはしい沢山の菊を愛でてゐます。

〔参考〕 これは十一月十四日の御作とある。此の日観菊会が催されたことは四十年の「初夏」の参考欄に記した通りである。当時は春の観桜会は浜離宮で、秋の観菊会は赤坂御苑で催されてゐた。

池上紅葉

寒氣今年勝去年
蕭條秋老小亭邊
鴛鴦比翼眠池上
霜後紅楓映水鮮

池上《ちじやう》紅葉

寒気今年去年ニ勝ル
蕭條《せうでう》秋老ユ小亭ノ辺《ほとり》
鴛鴦《ゑんあう》翼ヲ比《なら》べ池上ニ眠ル
霜後ノ紅楓《こうふう》水ニ映ジテ鮮カナリ

〔語釈〕池上―上には、上下の上と、「附近」とが考へられるが、転句、結句からして前者であらう。蕭條―ものさびしい。　老―季節が終りに近付く。　鴛鴦―「鴛」が雄、「鴦」が雌。

〔意訳〕今年の寒気は去年に勝り、晩秋の小亭の周辺はさびしさも一入。池の上には鴛鴦《をしどり》が翼をぴつたりと寄せ合つて眠り、霜の後の紅楓は水に映り、なんと鮮やかなのでせう。

〔参考〕これは十一月の御作とのみ記され日付は無い。

「比翼」の「比」は単に「ならぶ」のではなく「隙間無くならぶ」。「比翼鳥《ひよくのとり》」と言へば「雌雄同体、頸から上で分れ、目は夫々に一つ、胴体は一つであるので翼は一組。色は青赤色」と伝へられる想像上の鳥で夫婦仲睦まじい事の象徴であり、鴛鴦が雌雄仲の良い鳥の代表格とされる。

新嘗祭

四季調和聖代時
豐穰歳歳庶民嬉
茲收新稻供神廟
天子親修千古儀

新嘗祭

四季調和ス聖代ノ時
豐穰歳歳庶民嬉《たの》シム
茲ニ新稻ヲ収メ神廟ニ供ス
天子親修シタマフ千古ノ儀

〔**語釈**〕新嘗祭―『天地十分春風吹き満つ』の大正二年の御製詩「新嘗祭有作」の参考欄に略述しておいたので御参照願ひたい。なほ、若干を参考欄に書き足しておいた。　聖代―優れた天子が治め給ふ世。

〔**意訳**〕四季折々の天候も程好いこの聖代に、毎年の稔りも豊かで、庶民は心から喜んでゐます。今年の秋の収穫も無事終り、天皇陛下は御自ら新穀を神嘉殿にお供へして、神代の大御手振に神習ひ給ふのです。

〔**参考**〕これは十一月廿五日の御作とある。新嘗祭は二十三日であるが、お詠み遊ばしたのがその二日後であられた。但し、この御作は此の年（明治四十一年）の御作ではないのではなからうか。『明治天皇紀』に依れば、天皇は陸軍特別大演習統監及び海軍大演習親閲の為、十一月九日より奈良、兵庫両県に行幸あらせられ、宮城に還御遊ばされたのは同月二十日である。そして「二十一日少しく感冒の気あるを以て出御を闕きたまふこと四日、二十五日に至りて平常に復したま」ひ、二十三日の新嘗祭は掌典長岩倉具綱をして行はしめ給ひし旨記録されてゐる。

以下は『皇室の祭祀』（鎌田純一著。平成十八年、神社本庁研修所発行）よりの抄出である。振仮名は一部筆者が追加した。

（新嘗祭は）天皇陛下が、神嘉殿において新穀を皇祖天照大御神はじめ神々にお供えになり、神恩を感謝されたあと、陛下親《みずか》らもお召し上がりになる祭典であり、（中略）春に収穫を祈願して祈年祭《きねんさい》を行ない、秋にその収穫を感謝し、いみ慎んで神に捧げたあと、頂く新嘗《にいなめ》、新嘗の祭りをすることは『常陸国風土記』『万葉集』などにもみられるように古くより広く各地で行われてきたところであり、またそれは『日本書紀』神代巻に天照大神《ママ》が新嘗をきこしめされたことを記すことよりも理解できるように、宮中でも古くより行なわれてきたところであり、重視されてきたところである。（以下略）

明治四十二年

寒雨放晴

綠竹叢邊雪尙殘
軒端終夜雨聲寒
朝來放霽微風暖
梅影横斜映玉欄

寒雨放晴

緑竹叢辺雪尚ホ残リ
軒端終夜雨声寒シ
朝来放霽微風暖カニ
梅影横斜《わうしゃ》玉欄ニ映ズ

〔語釈〕 寒雨―冷たい雨。 放晴―既出（明治四十一年「梅雨放晴」）。 微風―そよ風。 横斜―（影が）斜めに横たはる。 玉―物等を尊んだり讃へたりする為に冠する美称。

〔意訳〕 〔冷雨もあがつて〕緑の竹藪の辺りにはまだ残雪があり、軒端にかかる雨音も一晩中如何にも寒さう。朝になり冷たい雨もあがり晴間が見えて、そよ風も暖かに、梅の影は美しい欄干に斜めに映つてゐます。

〔参考〕 これは一月廿七日の御作とある。

車中望芙峯

春淺薄氷猶結田
沿途梅蕾緘似眠
車窗忽見芙蓉雪
詩思遙馳八朶巓

車中芙峯《ふほう》ヲ望ム

春浅ク薄氷猶ホ田ニ結ブ
沿途ノ梅蕾緘《と》ヂテ眠ルニ似タリ
車窓忽チ見ル芙蓉ノ雪
詩思遥カニ馳ス八朶ノ巓

〔語釈〕 芙峯―「芙蓉峯」即ち富士山の異称。 緘―きつく締める。 八朶―直訳すれば「八の字のやうな形に垂れ下がつた花のかたまり」。富士山の山容を美しく形容する詩語。

〔意訳〕〔車中より富士山を望んで〕春は浅く、田にはまだ薄氷が張り、沿線に見える梅の蕾も堅く閉ぢてまるで眠つてゐるやう。すると、車窓に忽ち富士山の雪を戴いた姿が見え、詩作への思ひは遥か富士山の巓に向ふのです。

〔参考〕 これは二月一日の御作とある。『天地十分春風吹き満つ』の明治四十二年の御作「恭謁皇后宮沼津離宮」の参考欄に略述の如く、東宮と御一緒に此の日葉山に避寒に赴かれたが、その途次の御作である。元の題は「己酉《つちのととり》二月一日赴葉山汽車中作」となつてゐる。

紀元節

回顧二千六百年
聖明世世守成全
鶯吟似祝紀元節
睍睆來鳴旭旆前

紀元節

回顧ス二千六百年
聖明世世守成《しゅせい》全シ
鶯吟似タリ紀元節ヲ祝フニ
睍睆《けんくわん》トシテ来リ鳴ク旭旆《きょくはい》ノ前

〔語釈〕二千六百年―厳密に言へば明治四十二年は皇紀二千五百六十九年。　聖明―天子の徳や立派な治世を讃へる語。　守成―先祖或は先代が苦労して興した事業を立派に守り抜く。　睍睆―容貌では「うるはしい」、声では「清和（清らかで和らぐ）円転（転がるやうに滑らか）」。　旆―「はた」の漢字は十指を数へ、形状、用途等の別になつてゐるが、概説すれば旆も旗も「はた」の総称。

〔意訳〕神武天皇創業以来二千六百年、国運隆々たるのも、回顧すれば聖明の天子代々の守成全きを得給ひしその賜物に他なりません。鶯の囀りは恰も紀元節をお祝ひするやうで、日章旗の前に清らかな、美しい声で鳴いてゐます。

〔参考〕これは二月十一日（紀元節）当日の御作とある。

赴沼津汽車中作　沼津ニ赴ク汽車中ノ作

數驛過來國府邊　数駅過ギ来ル国府ノ辺
野梅的歴滿山田　野梅的歴山田ニ満ツ
遙望函嶺猶殘雪　遥カニ望メバ函嶺猶残雪
青帝分春亦有偏　青帝春ヲ分ツ亦偏有リ

〔語釈〕的歴―鮮やか。　青帝―春を司る神。五行説に説かれる五帝では春―青帝、夏―赤帝、土用―黄帝、秋―白帝、冬―黒帝。　函嶺―箱根。

〔意訳〕汽車は数駅を過ぎて国府の辺りに差し掛かりました。野の梅は真に鮮やかに山の田に満ち、一方、遠く箱根の山々を望むとまだ残雪が見えます。春を司る神様が、春をお分けになるのにも、こちらは花、あちらは雪と、偏りがあるやうですね。

〔参考〕これは二月の御作とあり日付は無いが、沼津に赴き、皇后宮に謁せられたのは二月二十六日である。『天地十分春風吹き満つ』の明治四十二年の御作「恭謁皇后宮沼津離宮」を御参照頂きたい。

訪有栖川宮妃於葉山別業話及橋本國手逝去有此作

有栖川宮妃ヲ葉山ノ別業《べつげふ》ニ訪《と》ヒ、話ハ橋本国手《こくしゅ》ノ逝去ニ及ビ此ノ作有リ

久闊來尋海上莊　　久闊《きうくわつ》来リ尋ヌ海上ノ荘

松窗對座惹情長　　松窓ニ対座シ情ヲ惹クコト長シ

話頭忽及名醫死　　話頭忽チ及ブ名医ノ死

不覺俱垂淚數行　　覚エズ倶ニ垂ル涙数行《すうかう》

〔語釈〕 別業—別荘。別宅。有栖川宮家の別邸は今の葉山の一色海岸に面して建つてゐた。現在その跡地には神奈川県立近代美術館葉山館が建つてゐる。　国手—優れた医者。　久闊—久し振り。　頭—初め。　数行—涙が幾筋もはらはらと流れること。

〔意訳〕 久し振りに葉山の海辺に在る有栖川宮家の別荘を尋ねました。松林に面した部屋に対座し、長く心惹かれるものがありました。話は初めから橋本国手逝去の事に及び、一緒に不覚の涙を幾筋もはらはらと流しました。

〔参考〕 これは三月六日の御作とある。

有栖川宮に関しては『天地十分春風吹き満つ』の明治三十二年の御作「訪欽堂親王別業」を御参照頂きたい。なほ、有栖川宮妃はお名前は慰子《やすこ》（加賀金沢藩第十四代藩主前田慶寧《よしやす》の姫君）。

「橋本国手」に就いては「御歌」の部に既出。

池上藤花

首夏薫風暖氣增
庭前日見紫雲昇
池心澄徹蘸花影
萬朶垂珠一架藤

池上藤花

首夏薫風暖気増シ
庭前日ニ見ル紫雲ノ昇ルヲ
池心澄徹花影ヲ蘸《ひた》シ
万朶珠ヲ垂ル一架ノ藤

〔語釈〕首夏―初夏。　薫風―初夏に吹く穏やかな風。　紫雲―紫色の芽出度い雲（瑞雲）。天子の治世宜しきを得た盛んな御代に棚引くと言はれる。　池心―池の真ん中、又は底。此処は後者ならん。　蘸―影が水に映ること。　一架―「架」は「棚」。「一」は句調を整へる為の発語の詞。

〔意訳〕季節は初夏、薫風が吹いて日に日に暖かくなり、日中の庭先からは紫雲の昇るのが見えます。透き通つて底まで見えるやうな池には藤の花影が映り、それは、数知れぬ珠を垂らしたやうに棚にかかる藤の花影なのです。

〔参考〕これは五月五日の御作とある。

転句「池心澄徹藤花影」。この句を読めば、自づと思ひ浮ぶのは二首の古歌。古今集巻第五凡河《おほしかふ》内躬恒《ちのみつね》の作「風ふけば落つるもみぢ葉水きよみ散らぬかげさへ底に見えつつ」。併し、御詩は藤の花ゆゑ寧ろ大伴家持の作の方が相応しいでせう。「藤浪の影なす海の底清みしづく石をも珠とぞ吾が見る」（万葉集巻第十九）。

雨後観插秧

下種得時芽正長
梅霖潤足好分秧
野娘歌唱散雲外
知是田家農事忙

雨後挿秧《さふあう》ヲ観ル

下種《かしゆ》時ヲ得テ芽正ニ長ク
梅霖《ばいりん》潤ヒ足リ分秧《ぶんあう》ニ好シ
野娘ノ歌唱雲外ニ散ジ
知ル是レ田家農事ノ忙シキヲ

〔語釈〕挿秧―秧《なへ》を（田に）挿す、即ち田植。「秧」は稲の苗。　下種―種を下ろす。梅霖―梅雨。　分秧―成長したなへを分つて田に植ゑる、これも即ち田植。

〔意訳〕種を下ろすに時を得て、程好く芽が伸び、田圃も梅雨に十分潤ひ田植に好適の頃となりました。早乙女達の歌ふ田植歌は雲の上にもひゞき、今や農家の多忙の時であると知られます。

〔参考〕これは六月九日の御作とある。

『貞明皇后御集』には採られてゐないが、貞明皇后の神祇に関する御歌の中に左の御歌が有る。

五日の風十日の雨の恵あれば瑞穂の国のいねぞさかゆる

夏夜偶成

星光露氣夜風清
靜坐思詩句未成
燈火搖搖玉欄上
籠中蟋蟀放涼聲

夏夜《かや》偶成

星光《せいくわう》露気《ろき》夜風《やふう》清《きよ》シ
静坐詩ヲ思フモ句未ダ成ラズ
灯火揺揺玉欄ノ上《ほとり》
籠中ノ蟋蟀涼声ヲ放ツ

〔語釈〕清―「清冷《せいれい》―空や露や風が清らかで透き通つてゐる」の「清」。

〔意訳〕星の光、露の気、そして夜風《よかぜ》と並べて清冷、そんな夜、静かに坐つて詩作を練つてゐますが中々出来ません。美しい欄干の辺りには灯火が揺らめき、籠の中では蟋蟀が涼しげな声で鳴いてゐます。

〔**参考**〕これは七月の御作とある。日付は記されてゐない。

牽牛花

蒸暑惱人將五更
枕邊已聽曉鐘聲
蕣花淡淡含清露
綠葉紅葩睡眼醒

牽牛花《けんぎうくわ》

蒸暑人ヲ悩マシ将《まさ》ニ五更《ごかう》ナラントス
枕辺《ちんぺん》已ニ聴ク暁鐘ノ声
蕣花《しゆんか》淡淡清露ヲ含ミ
緑葉紅葩《こうは》睡眼醒ム

〔**語釈**〕牽牛花―朝顔。　五更―「更」は夜間を五分割した称。五更は午前三時〜五時。因みに初更午後七時〜九時、二更午後九時〜十一時、三更午後十一時〜午前一時、四更午前一時〜三時。　蕣花―朝顔。　葩―花びら。

〔**意訳**〕人を悩ませるこの蒸し暑さ、眠られぬ儘にもう夜も明ける頃でせう、枕辺には夜明けを告げる鐘の声が聞えて来ます。朝顔はあつさりとした感じで清らかな露を帯び、その緑の葉や紅《あか》い葩《はなびら》を見て睡かつた眼もすつきりと醒めました。

〔参考〕これも七月の御作とあり、日付は記されてゐない。

「蕣花（華）」は朝顔・槿《むくげ》両方の意味がある。この御詩、添削前には転句は「蕣花妖艶」となつてをり、若し題に「牽牛花」となつてゐなければ朝顔、槿何れか迷ふ、と言ふより「妖艶」の語より推して槿と解するところであつたかも知れない。七月の御作であり、「牽牛花」となつてゐなくても朝顔であることは自明と思はれる向きも有るやも知れぬが、槿も平地では大凡六月中旬には開花を見るので迷ふ事も有り得る。

明治四十三年

雪中観梅

雪中観梅
凍雀纔飛竹樹傍
寒威凜冽北風强
昨宵新雪封梅蕾
一脈依稀送暗香

雪中梅ヲ観ル
凍雀《とうじゃく》纔《わづか》ニ飛ブ竹樹ノ傍《かたはら》
寒威凜冽北風強シ
昨宵新雪梅蕾ヲ封ジ
一脈依稀《いき》トシテ暗香《あんかう》ヲ送ル

〔語釈〕凍雀―冬の雀。　纔―辛うじて。　一脈―ひとすぢ。一続き。　依稀―明らかでない。かすかに。
暗香―何処からともなく漂ふかをり。

〔意訳〕冬の雀は竹林の傍に辛うじて飛び、寒気は刺すやうに厳しく、北風も強く吹いてゐます。昨日の宵に降つた新雪は梅の蕾を封じ込めてしまひましたが、ひとすぢ、かすかに何処からともなくかをりが漂つて来ます。

〔参考〕これは一月の御作とある。日付は記されてゐない。

春晴望嶽

春風吹暖海波平
芳草萌芽淑氣清
一朶芙蓉聳天外
新粧晴雪瑞光呈

春晴嶽ヲ望ム

春風吹キテ暖カク海波平カナリ
芳草萌芽シテ淑気清シ
一朶ノ芙蓉天外ニ聳エ
新粧ノ晴雪瑞光ヲ呈ス

〔語釈〕 淑気―春の和やかな気。　一朶―花の一枝。「芙蓉」は「葵」の類の落葉低木。又、蓮の花で、富士山の異称でもある。　天外―遥か空高いところ。　新粧―新たに粧ふこと。

〔意訳〕 〔春の晴れた日に富士山を望んで〕春風は吹いて暖かく感じられ、海には波も立たず、香りの良い草花は芽吹き早春の気も清らかです。秀麗な富士山は天空高く聳えて、新雪の雪化粧も眩いくらゐに芽出度い光を放つてゐます。

〔参考〕 これは三月二日の御作とある。

春磯采海苔

日暖閒浮波上鷗
午潮已落碧岩抽
欲供君膳搴裳采
鮮綠海苔筐底收

春ノ磯ニ海苔ヲ采ル

日ハ暖カニ閒《しづか》ニ浮ブ波上ノ鷗
午潮已ニ落チ碧岩抽《ぬき》ンヅ
君ガ膳ニ供ゼント欲シ裳ヲ搴《かか》ゲテ采リ
鮮緑ノ海苔筐底《きやうてい》ニ収ム

〔**語釈**〕閒―稿本には「閑」を「閒」と推敲してある。

〔**意訳**〕日は暖かく鷗は静かに波に浮かび、昼の上げ潮も引いて碧色した岩が波間に顔を出してゐます。そんな春の磯に、背の君の御膳に差上げようと思ひ衣の裾をかかげて海苔を採り、その鮮やかな緑色の海苔を箱に収めました。

〔**参考**〕これは三月の御作とある。日付は記されてゐない。

この御詩に関しては特に『天地十分春風吹き満つ』の大正六年の御製詩「蕈《きのこ》」を併せ読まれんことを。

觀櫻會

外客內臣陪盛筵
興情如湧萬櫻前
已聞吹奏催還幸
春色依依落照邊

観桜会

外客内臣盛筵ニ陪シ
興情湧クガ如シ万桜ノ前
已ニ吹奏ヲ聞キ還幸ヲ催ス
春色依依タリ落照ノ辺

〔語釈〕盛筵―盛宴に同じ。　興情―喜びの心。「興」は「嬹」の字に通じ、意味は「喜ぶ」。　依依―遠く霞んだやうな様子。又、心惹かれて離れ難い思ひ。　落照―夕日の光。

〔意訳〕外国の賓客も我国の臣下達も観桜会の盛んな宴のお相伴に預り、沢山の桜を前にして皆々の胸中は湧くやうな喜びに溢れてゐます。時間が経つのは早いもの、もう已に還幸を告げる奏楽が聞えてきました。夕日の落ちる頃の春の景色には心惹かれて離れ難い思ひにさせられます。

〔参考〕これは四月廿七日の御作とある。

結句「夕日の落ちる頃の春の景色は遠く霞んだやうに見えます」とも解し得る。何れとせんか迷つたところであるが、「依依」は添削前には「空残―空しく残る」とされてゐたことを考へ併せ前記の意訳とした。

観桜会は浜離宮にて開催され、両陛下行幸啓の許、皇族及び内外の群臣千八百四十一人が召に預つた。

紫陽花

梅霖未止久懸車
綠樹繁枝窗外遮
唯足慰心何物是
團團綴玉紫陽花

紫陽花《しやうくわ》

梅霖未ダ止マズ久シク懸車
緑樹繁枝窓外ヲ遮ル
唯心ヲ慰ムルニ足ル何物カ是《これ》ナル
団団玉ヲ綴《つづ》ル紫陽花

〔**語釈**〕久―或る事が長く続く。　懸車―黄昏《たそがれ》・夕暮《ゆふぐれ》の意。他に「官職を辞する」と云ふ意味もある。　団団―露が多い。　綴―連ねる。

〔**意訳**〕梅雨はまだ止まず、黄昏の時が長くなつてゐて、緑の樹木の枝は繁茂して窓外の景色を遮つてゐます。この鬱陶しい季節に唯心を慰めるに足るものは何でせうか。沢山の露を帯びた紫陽花《あぢさゐ》こそ其れです。

〔**参考**〕これは七月の御作とある。日付は記されてゐない。

晃山偶作

疾走輕車向日光
清風如水暑堪忘
生徒随所迎而送
可憫炎天立午陽

晃山偶作

疾走ノ軽車日光ニ向フ
清風水ノ如ク暑サ忘ルルニ堪ヘタリ
生徒随所ニ迎ヘテ送ル
憫レムベシ炎天午陽ニ立ツヲ

〔**語釈**〕晃山―既出「晃山遇暴風雨」（明治四十一年）。　軽車―速く走る車。但し、自動車ではない。添削前には此処は「汽車」とある。

〔**意訳**〕汽車は疾走して日光に向ひ、その車窓より入る清らかな風はまるで水のやうで暑さを忘れるのに充分です。生徒達が随所に奉迎、奉送してゐますが、この真昼の炎天下に立つてゐるのは真に不憫に思はれます。

〔**参考**〕これも七月の御作とあり、稿本には日付は記されてゐないが『明治天皇紀』に依れば、皇太子、同妃はこの月三十日に避暑の為日光に行啓遊ばした由であり、この日の事を詠まれた御作であらう。

晃山偶作

聞説諸川溢浩然
人家流失浸青田
誰治汎濫除民害
大禹成功憶往年

晃山偶作

聞説《きくなら》ク諸川溢レテ浩然
人家流失シ青田ヲ浸スト
誰カ汎濫ヲ治メ民害ヲ除ク
大禹功ヲ成ス往年ヲ憶フ

〔語釈〕 聞説―聞くところによると。 浩然―水が盛んに流れて止まらないこと。 大禹成功―禹は西暦紀元前千七百年以上前の支那古代の夏の国の建国の始祖。大は美称。堯・舜二帝に事へ、洪水を治めた事で有名。後に舜の禅譲を受けて天子となつた。

〔意訳〕 聞くところによると、あちらこちらの川が溢れて洪水が止まず、人家は流出し、実りの前の田も水浸しになつたと言ふことです。誰かこの汎濫を治めて国民の災害を除いて呉れる人は居ないでせうか。かの偉大な禹帝が洪水を治めて功を成したと伝へられる昔の事が思ひ出されます。

〔参考〕 これは八月の御作とあり、稿本には日付は記されてゐないがこの月上旬以来の大雨に因る大災害に関する御詩である。『明治天皇紀』八月十七日条より抄出すれば、是の月上旬以来強雨あり、東京府及び神奈川・埼玉・群馬・千葉・茨城・栃木・静岡・山梨・長野・宮城・岩手各県下被害最も甚し、是の日内務大臣男爵平田東助、天皇に御座所に謁して此の事を奏す、天皇、即日侍従日野西資博に命じて、東京府下の被害の状況を巡視せしめ、尋《っ》いで二十五日更に侍従日根野要吉郎をして神奈川・埼玉・群馬・千葉・茨城・栃木・静岡・宮城の七県下を巡視せしめ、且同日天皇・皇后より東京府に金一万五千円を、埼玉県に金九千円を、群馬・茨城の二県に各金五千円を、宮城県に金四千円を、静岡県に金三千円を、千葉・栃木の二県に各金二千円を、神奈川・山梨・長野の三県に各金千円を、岩手県に金五百円を賜ひて罹災者救恤の補助に充てしめたまふ、其の後福島・秋田の二県も亦被害甚しきを報ず、仍りて三十一日天皇・皇后、金千円を福島県に、金五百円を秋田県に賜ふ、（以下略）

なほ、この水害に際し臨時水害救済会が設立され枢密顧問官松方正義が其の総裁に就任したが、九月一日、両陛下は臨時水害救済会に金一万円を下賜し給うた。

中秋観月

今宵最好一年中
戸戸消燈望碧穹

中秋観月

今宵最モ好シ一年ノ中
戸戸灯ヲ消シテ碧穹《へききゅう》ヲ望ム

坐到更闌風露潔
滿林明月照澄空

坐シテ更闌《かうらん》ニ到リ風露潔ク
滿林ノ明月澄空ヲ照ラス

〔語釈〕中秋―陰暦八月十五日。　碧穹―「碧」は「濃い青色」、「穹」は「天」。月の明るい空。　更闌―「更」は「更ける」、「闌」は「晩」。夜更け。　風露―風と露。　明月―十五夜の月。特に陰暦八月十五夜の月。

〔意訳〕今宵は一年中で最も好い月の見える夜で、家々では灯を消して夜の大空を見上げてゐます。坐して夜更けになり、夜風も夜露もきよらかに、林一面明月に照らされ、その月は又澄んだ夜空も照らしてゐます。

〔参考〕これは九月の御作とあり日付は記されてゐないが、この年の陰暦八月十五日は陽暦九月十八日に当る。この日は月齢十四、四で満月は翌十九日。

秋晴山行

夜來狂雨曉來晴
臘屐好登山徑行
秋色漸深紅葉未

秋晴山行

夜来ノ狂雨暁来ニ晴ル
臘屐《らふげき》好シ山径ヲ登リ行カン
秋色漸ク深ク紅葉未ダシ

已看松蕈抜黄莖　　已ニ看ル松蕈《しょうじん》黄茎ヲ抜クヲ

〔語釈〕狂雨―「狂」は「勢の盛んなること」。大雨。　臘屐―「臘」は「蠟」。「屐」は「履物」今で言へば草履や下駄の類。「蠟屐」は防水や艶出しの為に蝋を塗つた屐《はきもの》。　松蕈―まつたけ。

〔意訳〕昨夜からの大雨が朝になつて晴れました。さあ、履物を履いて山径を登り行きませう。秋の気配は漸く深まり紅葉にはもう少し早いやうですが、已に松茸の黄色い茎が伸びてゐるのが見られます。

〔参考〕これは十月の御作とある。日付は記されてゐない。

今から凡そ千六百年くらゐ前の支那南朝宋の詩人謝霊運は木屐（足駄）を履いて山を登り下りしたと言ふ。貞明皇后はこの故事を思ひつつ山径を登り、この御詩を詠まれたのであらうと推察申上げる。

野菊　　野菊

百草凋霜委白沙　　百草霜ニ凋《しぼ》ンデ白沙ニ委ス

西風拂拂菊葩斜　　西風払払トシテ菊葩斜ナリ

行人不到晩秋野
獨保孤芳隱逸花

行人《かうじん》到ラズ晩秋ノ野
独リ孤芳《こはう》ヲ保ツ隠逸花

〔語釈〕沙―砂に同じ。払払―烈しい風。「弗弗」に同じ。行人―旅人。孤芳―人品で言へば高潔。花ならば百草に秀《ぬきんで》て芳《かんば》しい。隠逸花―菊花の異称。菊の花は「百草凋霜」の時に咲き「独保孤芳」ので、隠逸の士に喩へられた。『天地十分春風吹き満つ』の明治三十年の御製詩「池亭観蓮花」の参考欄を御参照ありたい。

〔意訳〕殆どの草は霜に凋んで白い沙の上に散らばる中、菊の花は烈しい西風に傾いてゐます。旅人も訪れることのない晩秋の野に、恰も高潔なる隠者の如く独りどんな花も及ばぬ芳しさを保つてゐるのです。

〔参考〕これは十月の御作とあり、日付は記されてゐない。

觀菊

鳳輦親臨催宴時
紅楓林外菊花披

観菊

鳳輦親臨シタマフ宴ヲ催スノ時
紅楓林外菊花披《ひら》ク

凌霜凜凜保清操　霜ヲ凌ギ凜凜トシテ清操ヲ保ツ
彩錦芳香光陸離　彩錦芳香光陸離タリ

〔語釈〕鳳輦―天皇の御乗物。　親臨―天皇が御親《みづ》からお臨み遊ばすこと。　凌―苦難に耐へ、乗越える。
彩錦―大変美しい事や物を形容する詞。　陸離―比類無く美しくきらめくこと。

〔意訳〕観菊の宴が催され、天皇の親臨し給ふ時、紅葉した楓の林の傍には菊の花が開きました。菊の花は厳しい霜にも耐へ、凜たる気品に満ち清らかな操を保ち、その見事な花の姿、その芳《かんば》しい香《かをり》、沢山の菊の花が入り乱れるやうに比類無く美しくきらめいてゐます。

〔参考〕これは十一月の御作とあり、日付は記されてゐないが観菊会が催されたのは十五日であつた。但し此の御詩をこの年（明治四十三年）の御作とするのは疑問である。この年、天皇は岡山に於ける陸軍特別大演習統監の為十一月十日出御、東京への還御は同二十日であつた。従つて十五日の赤坂離宮での観菊会には「鳳輦親臨」は有り得ない。「鳳輦」は天皇の御乗物であり（他に聖駕、鳳駕等）、皇后、皇太后の御乗物は玉輦と申上げる。『明治天皇紀』明治四十三年十一月十五日の条には「皇族竝びに内外群臣を赤坂離宮に召して観菊会を行ひ給ふ、時に車駕岡山に幸するを以て、皇后、皇太子妃と倶に之れに臨みたまふ、云々」とある。即ち明治四十三年の観菊会には行幸はなかつたのである。

冬至梅

一陽來復日初長
春信梅花已放香
猶是人間寒凜冽
滿枝冷艷傲風霜

冬至ノ梅

一陽来復日初メテ長ク
春信梅花已ニ香ヲ放ツ
猶ホ是レ人間《じんかん》寒凜冽タリ
満枝冷艶《れいえん》風霜《ふうそう》ニ傲《おご》ル

〔語釈〕一陽来復―易に言ふ、陰が極り、陽が生ずること。冬至。或は、冬が去り春となることや、新年等の意味もある。此処では題にある如く、冬至。この年（明治四十三年）の冬至は十二月二十三日で、陰暦では十一月二十二日に相当する。　春信―鳥が鳴いたり、花が咲いたりの春が来た知らせ。　人間―人の世。冷艶―白い花や雪などの冷やかな美しさ。　傲―『大漢和辞典』に「傲霜―霜の寒さにも屈しない」の熟語が載る。　風霜―風と霜。志操堅固にして艱難辛苦にも能く堪へる等の意味もある。

〔意訳〕冬至を迎へ、日は初めて長くなり、梅花は春を告げて香を放つてゐます。とは言へ、世間ではまだまだ寒気は非常に厳しくありますが、その寒気にも屈することなく、白梅は枝一杯に咲き香つてゐるのです。

〔参考〕これは十二月の御作とあり、日付は記されてゐないが、この年（明治四十三年）の冬至は前記の如く十二月二十三日であつた。

歳杪卽事

豪富迎年競奢靡
困窮送歳歎寒貧
笑吾窈窕深宮裡
觀曆初知臘尾辰

歳杪《さいべう》即事

豪富年ヲ迎ヘ奢靡《しやび》ヲ競ヒ
困窮歳ヲ送リ寒貧ヲ歎ク
笑フ吾レ窈窕深宮ノ裡
暦ヲ観テ初メテ臘尾《らふび》ノ辰《とき》ヲ知ルヲ

〔語釈〕歳杪―「杪」は「すゑ」。杪歳。歳末。　即事―その場の事を詠む詩。　豪富―金持。富豪。　奢靡―奢侈華靡の略。「奢」も「靡」も「おごる」。おごつて贅沢三昧すること。　寒貧―貧乏で衣食にも困窮する。貧寒。　窈窕―宮殿の奥深く。深宮に同じ。　臘尾―年末。

〔意訳〕金持は新年を迎へるのに贅沢三昧を競ひ、貧者は此の年をどう送らうかと衣食にも事欠くのを歎いてゐます。そのやうな世間の有様を思ふにつけ、私は宮殿の奥深くに在つて暦を観て初めて、ああもう年末なのだと知るのに自嘲の念を覚えます。

〔**参考**〕これも十二月の御作とあり、日付は記されてゐない。

潜水艇沈没全員皆死有佐久間大尉手書益後人甚大

潜水艇沈没シ全員皆死ス。佐久間大尉ノ手書《しゅしょ》有リ、後人ヲ益スルコト甚大ナリ。

櫻花散盡晩春晨　　桜花散リ尽クス晩春ノ晨《あした》
可惜船中擧致身　　惜シムベシ船中挙ゲテ致身《ちしん》ス
臨死従容紀顛末　　死ニ臨ンデ従容顛末ヲ紀ス
一書激勵後來人　　一書激励ス後来ノ人

〔**語釈**〕手書—自ら書いたもの。　致身—君主に身命を捧げる。　従容—慌てず騒がず、悠々事に従ふこと。
紀—「記」に通用はするが、特に「筋道を立て丶しるす」の意である。

〔**意訳**〕桜の花もことごとく散つた晩春の朝方、佐久間艇長以下全員、君国に殉じた事はまことに惜しむべき事でありました。就中、佐久間艇長は死期迫るもなほ従容として、事の顛末をきちんと書き残しました。その遺書は、必ずやこの後の人達を激励して已まぬでありませう。

〔**参考**〕この御詩をお詠みになつた月日は稿本に記されてゐないが、佐久間艇長以下殉難の事があつたのはこの年（明治四十三年）四月十五日であつた。

これは貞明皇后（当時は皇太子妃）が佐久間艇長以下潜水艇乗員の忠烈を詠ませ給ひし御詩である。そして、佐々木信綱『謹解本』には昭和十六年三月貞明皇后が佐久間艇長を偲び給ひし御歌「遺書―沈みゆく船のうちにてかきとめしふみこそ後の教なりけれ」が載る。その佐久間艇長忠烈殉難の概要を記さう。

先づ佐久間艇長の軍歴等を記すと、第六潜水艇艇長佐久間勉海軍大尉は、明治十二年滋賀県三方郡北前川村（現福井県三方町）の前川神社社家の次男として誕生。三十四年海軍兵学校卒業。三十六年海軍少尉。日露戦争には軍艦吾妻等に乗組み従軍。三十七年海軍中尉。日露戦争後潜水艇の研究に従事。三十九年九月海軍大尉に任ぜられ、第一潜水艇隊艇長に補せらる。十一月功五級金鵄勲章、勲五等双光旭日章を賜る。第一艦隊参謀、駆逐艦艦長等を歴任、この間、四十一年富山県人糟谷次子を娶る。四十二年紀元節の日の朝、妻は富山の実家にて長女を出産、その夕刻妻死す。十二月第六潜水艇乗組。四十三年四月十五日潜水訓練中に殉難。その見事なる最期により、軍人の亀鑑と称へらる。二十日呉市海軍墓地に於いて殉難十四烈士の海軍公葬が営まれ、四月二十六日には佐久間艇長の郷里の実家の前川神社にて村葬が斎行され、遺言に依り亡き夫人と同坑に埋葬された由である。

次に殉難の概略を記さう。

明治四十三年四月十五日、瀬戸内の島々に桜花爛漫の頃、当時の最新兵器潜水艇の訓練に取組んでゐたのは佐久間勉を艇長とする第六潜水艇の十四名。所は山口県新湊沖。当時帝国海軍の保有する潜水艇は九隻。此の中の国産は二隻、後は英米よりの輸入の物であつた。因みに、伝説は別として歴史上実在が確認されてゐる潜水艦（艇）は西暦一六二〇年（本朝元和六年）英国で製造された木製、手漕式、十二人乗の物で、実戦の戦果の嚆矢は米国南北戦争の折、西暦一八六四年（本朝元治元年）南軍の九人乗人力推進の潜水艇が北軍の木造蒸気帆船を水雷攻撃により撃沈したものであると言ふ。我国には日露戦争中に米国より輸入されたが実戦には参加してゐない。明治四十三年は正に本朝潜水艦の黎明期であつた。

第六潜水艇は国産第一号、全長二十二メートル、五十七トン。この日午前十時過ぎ事故発生、海底凡そ十六メートルに擱坐。沈没二日後の四月十七日やうやく引揚げられた。諸外国の同様の事故では乗員が死を恐れて持場を放棄、明り窓や出口附近に殺到し、折重なつて死亡してゐるのが通例であつたが、佐久間艇長以下全員が持場を死守、殉難せるを確認、その見事さに救助に当つた上官、同僚なべて熱き涙を流さざるはなかつたと言ふ。その報に接した国民も亦感涙、熱涙に咽ばざるはなかつた。しかも更なる感動を与へる新事実が明らかになつた。それは佐久間艇長の遺書の存在であり、四月二十一日の新聞により遺書の内容を知つた全国民は、その見事な最期も然る事ながら、その遺書にうち震へるが如き言ひしれぬ感動を覚えたのである。

迫り来る死期、意識も次第に薄れゆく中、必至の気力を振絞り、その遺書は黒表紙の手帳に一頁三乃至五行、三十九頁に及んでゐた。此処に抜粋する。一字分空いてゐるのは改行の部分であり、読点は原文に有り、ルビは筆者が適宜付した。

佐久間艇長遺書

小官ノ不注意ニヨリ　陛下ノ艇ヲ沈メ　部下ヲ殺ス、　誠ニ申訳無シ、　サレド艇員一同、　死ニ至ルマデ　皆ヨクソノ職ヲ守リ　沈着ニ事ヲ処セリ、　我レ等ハ国家ノ為メ　職ニ斃《たふ》レシト雖《いへど》モ　唯《ただ》々遺憾トスル所ハ　天下ノ士ハ　之ヲ誤リ以テ　将来潜水艇ノ発展ニ　打撃ヲ与フルニ至ラザルヤヲ　憂フルニアリ、　希《ねがは》クハ諸君益々勉励以テ　此ノ誤解ナク　将来潜水艇ノ発展研究ニ　全力ヲ尽クサレン事ヲ　サスレバ　我レ等一《いつ》モ　遺憾トスル所ナシ、

沈没ノ原因（原文十行、略）

沈据後ノ状況

一、傾斜約仰角十三度位

一、配電盤ツカリタル為メ電燈消エ、　電纜燃エ悪瓦斯《あくがす》ヲ発生　呼吸ニ困難ヲ感ゼリ、　十四日（筆者註―実際は十五日。）午前十時頃沈没ス、　此ノ悪瓦斯ノ下ニ　手働ポンプニテ排水ニ力《つと》ム、

（約三十行略）

一、潜水艇員士卒ハ　抜群中ノ抜群者ヨリ採用スルヲ要ス、　カ、ルトキニ困ル故ナリ、　幸ニ本艇員ハ皆ヨクソノ職ヲ尽クセリ、　満足ニ思フ、　我レハ常ニ家ヲ出ヅレバ　死ヲ期ス、サレバ　遺言状は既ニ「カラサキ」（筆者註―潜水艇母艦「唐崎」）引出《ひきだし》ノ中ニアリ、（之レ但《ただし》私事ニ関スル事言フ必要ナシ、田口浅見兄之レヲ愚父ニ致サレヨ）

公遺言

謹ンデ

陛下　ニ白《まを》ス、　我部下ノ遺族ヲシテ　窮スルモノ無カラシメ給ハラン事ヲ、　我ガ念頭ニ懸ルモノ之レアルノミ、

この後、「左ノ諸君ニ宜敷」として十数名の上官等を列挙、その行間には括弧内に（気圧高マリ鼓《こ》マクヲ破ラル、如キ感アリ）と書かれ、最後は

十二時三十分呼吸非常ニクルシイ　瓦素林《がそりん》ヲブローアウトセシシ《ママ》積《つも》リナレドモ、ガソソ《ママ》リン

ニヨウタ

一、中野大佐、

十二時四十分ナリ、

これで手帳に書かれた「佐久間艇長遺書」は終はつてゐる。

『明治天皇紀』明治四十三年四月十八日の条に依れば、第一報は十六日に至り、その翌日詳報至

りて後、天聴に達した模様である。その日直ちに侍従武官を呉鎮守府に御差遣、乗員一同に菓子料を賜つた。実際には已に殉難死没の後であつたが公式発表以前の段階であつたので菓子料の優恩を賜つた由である。二十日の海軍公葬には祭粢料を下賜、侍従武官を会葬せしめ給うた。なほ、遺族救恤の国家としての手当は別として、六月に至り、皇后陛下は遺族救恤の補助に充てしむ為、海軍大臣に金三百円を賜つた。そして、四月十八日の記録は次のやうに結ばれてゐる。

艇長海軍大尉佐久間勉の遺書あり、午前十時潮水の艇を冒しゝより、午後零時四十六分死に臨むまで手記する所のものにして、沈没の原因、沈没後の状況及び処置、部下の忠実、潜水艇乗員に対する将来の希望等、細大之れを記し、而して陛下の艇を害《そこな》ひ、併せて部下士卒を殺すの罪を謝す、見る者皆壮烈に泣くと云ふ、後七月十八日に至り、侍従武官長其の遺書の写真版を奉呈す、

大正天皇の御製に大正九年に詠ませ給ひし御製「猫」の有ることは既に『天地十分春風吹き満つ』に御紹介した所であるが、更めて拝誦しよう。

大正天皇御製「猫」

國のまもりゆめおこたるな子猫すら爪とぐ業は忘れざりけり

御歴代のこの畏き大御心と、之に副ひ奉らんとする国民の赤誠が祖国防衛の根幹であつた。大東亜

戦争後この根幹が蔑ろにされる事、余りにも久しく且つ甚だしい。祖国日本を取巻く現今の軍事状況を熟々考へる時、「一旦緩急アレハ義勇公ニ奉」ずるの精神を再び振起せざるべからず。佐久間艇長以下の壮烈なる殉難は、我等平成の御代の国民に「一旦緩急」への備へを忽せにすることなく「益々勉励」して「爪とぐ業」に励めかしと、呼掛けて已まないのである。

明治四十四年

喪中作

案上成堆哀悼章
金爐薫炷幾條香
徹宵不睡思亡姉
兀坐影前空斷腸

喪中ノ作

案上堆ヲ成ス哀悼ノ章
金爐薫炷ス幾条ノ香
徹宵睡ラズ亡キ姉ヲ思フ
影前ニ兀坐《ごつざ》シテ空シク断腸

〔語釈〕 案―つくゑ。　哀悼章―弔辞の類。　兀坐―ぼんやりと坐る。

〔意訳〕 つくゑの上には哀悼の章が堆《うづたか》く積まれ、金色の香炉からは幾筋もの香煙が立ち昇つてゐます。一晩中睡ることなく今は亡き姉を思ひ、遺影の前にぼんやりと坐つてゐると、たゞ空しく断腸の思ひがするのみです。

〔参考〕 これは一月の御作とあり、日付は記されてゐないが、『御歌集』に既出である。なほ、『貞明皇后御詩集』には採られてゐないものの第一次稿本並びに撰者添削第一次稿本に「接仲姉大谷籌《かず》子訃哀悼賦此」の七絶が有り、それには一月二十七日とされてゐる。即ち「姉」とは浄土真宗本願寺派第二十二世門主にして探険家でもあつた大谷光瑞師の令夫人大谷籌子刀自である。

明治四十五年

海郷避寒

旭日曈曈海上村
青波如熨恵風暄
如聞京洛春寒烈
誰識湘南梅満門

海郷避寒

旭日曈曈海上ノ村
青波熨《あたため》メタル如ク恵風《けいふう》暄《あたた》カシ
聞キシ如ク京洛《けいらく》春寒《しゅんかん》烈シクバ
誰カ識ラン湘南梅門ニ満ツルヲ

〔語釈〕曈曈―日の出の太陽が美しく照り輝くことの形容。海上―海の上《ほとり》（辺）。熨―押へ暖める。恵風―万物を生長せしめる恵みの風。暄―日差しが行渡つてあたたかい。京洛―天子おはします都。春寒―春なほ寒いこと。余寒（立春後に残る寒さ）。明治四十五年の立春は二月五日であつたので、後述のやうに一月の御作である此の御詩では前者の意味。

〔意訳〕此処葉山の海辺の村には旭日が見事に照り輝き、青い海の波は穏やかに、恵みの風もあたたかくそよ吹いてゐます。聞きましたやうに、帝都の新春の寒気がまだそんなに厳しいのなら、都では誰が湘南ではもう梅花が門の辺りに咲き満ちてゐるのを知り得ませうか。

〔参考〕これは一月の御作とあり、日付は記されてゐない。東宮、同妃は一月十三日より三月二十日の間、葉山に避寒遊ばされた。その折の一月中の御作であらう。なほ、東宮のみはこの間、紀元節の折十一、十二日に一時東京に還啓遊ばされた。

晩晴望大嶋

春日遅遅晝寂然
閒凭海檻對詩篇
遙望大嶋斜陽外
白雪山巓帶紫烟

晩晴大嶋ヲ望ム

春日遅遅トシテ昼寂然《せきぜん》
閒《しづか》ニ海ノ檻《てすり》ニ凭《よ》リテ詩篇ニ対ス
遥ニ大嶋ヲ望メバ斜陽外《とほ》ク
白雪山巓紫烟ヲ帯ブ

〔語釈〕晩晴―晴れた夕方。　大嶋―伊豆の大島。「嶋・島」字形は違ふが同一の字である。　閒―閑に同じ。対―（詩篇に）対す、の「対」は如何に訳すべきか、こたへる（答）、あたる（当）、むかふ（嚮）何れにも相当しない。此処は添削前には「思」とあるので試みに之に従つて訳す。　外―内と外の外、或る区切りの外の意ではなく、「遠い」こと。

〔意訳〕春の日は暮れること遅く、ひつそりと静まりかへる昼間には、しづかに海辺の手すりに寄り掛かり、あれこれと詩想を練るのです。やがて、遥かに大嶋を望めば夕日は遠く、白雪を戴いた山の巓《いただき》には紫烟が掛かつてゐます。

〔参考〕これは二月の御作とあり、日付は記されてゐない。

「大嶋」は今の東京都大島町。伊豆大島は通称。面積九十一平方キロメートル余りで伊豆七島では最大の島。山は御神火で有名な三原山、標高七百六十四メートル。

伺候沼津行宮

沼津行宮《あんぐう》ニ伺候ス

軽車追暖至行宮　軽車暖ヲ追ヒ行宮ニ至ル
拝謁陪筵興正融　拝謁筵《えん》ニ陪シテ興正ニ融ク
慈恵恩情及孩子　慈恵恩情孩子《がいし》ニ及ビ
春風吹満玉簾中　春風吹キ満ツ玉簾ノ中

〔語釈〕伺候―貴人の御側に御機嫌伺ひに罷り出る事。　沼津行宮―「行宮」は行幸の折の仮宮《かりみや》。行在所《あんざいしょ》。沼津行宮は沼津御用邸。『天地十分春風吹き満つ』の明治四十二年の御製詩「恭謁皇后宮沼津離宮」を参照されたい。　軽車―既出（明治四十三年「晃山偶作」）。　筵―会食の席。　融―和らぎ楽しむ。　孩子―乳呑児。二、三歳くらゐ迄の幼児と、その上の年齢を含めた子供と両方に言ふが、此処では後者である。此の年裕仁親王（昭和天皇）は十一歳、雍仁親王（秩父宮）は十歳、宣仁親王（高松宮）は七歳であられた。

〔意訳〕汽車は恰も暖かい場所を追ひかけるやうに行き、沼津の行宮に着きました。皇后陛下に拝謁し、会食の席にも御呼び下され、ゆつたりと楽しい一時でございます。陛下の深い御慈しみと暖かい御情は幼い皇子達にも及び、行宮の隅々まで暖かい春の風が吹き満ちてをります。

〔参考〕これは三月二日の御作とある。

贈葡萄酒問中洲臥病

葡萄酒ヲ贈リ中洲ノ臥病《ぐわびやう》ヲ問フ

寒暖不常爲疾媒
臥床終日對盆梅
慰師唯有一樽酒
芳酒由來百藥魁

寒暖常ナラズ疾《やまひ》ノ媒《とりもち》ヲ為《な》シ
臥床終日盆梅ニ対ス
師ヲ慰ム唯一樽《ただいっそん》ノ酒有ルノミ
芳酒由来百薬ノ魁《さきがけ》

〔語釈〕中洲―既出（「御歌集」明治四十二年の部）。　臥病―病気で寝込む。　不常―普通とは違ふ。並大抵ではない。　由来—もともと。元来。

〔意訳〕〔葡萄酒を贈つて中洲の臥病を慰問しました〕この冬は寒暖の差が並大抵ではなく、それが病気を媒介したのでせう、床に臥せて終日鉢植ゑの梅に相対してゐるとか。臥病の師を慰めるのには唯一樽《ただひとたる》の酒、之有るのみです。元来が芳醇な酒こそ百薬の長と言ふではありませんか。

〔参考〕これは三月五日の御作とある。

映山紅

映山紅《えいざんこう》

背受薫風山徑行　背ニ薫風ヲ受ケ山径ヲ行ク
何花照眼遠相迎　何ノ花カ眼ヲ照ラシ遠ク相迎フ
映山紅色染如血　映山紅色染メテ血ノ如シ
憶得前宵杜宇聲　憶ヒ得タリ前宵杜宇《とう》ノ声

〔語釈〕映山紅—山躑躅の異名。各地の山野に自生し、庭木にもされる。高さは凡そ一メートル。開花は五月頃。　薫風—初夏に吹く爽やかな南風。　杜宇—ほととぎす。不如帰、杜鵑等とも書かれる。

〔意訳〕背に薫風を受けながら山径を歩いて行くと、何の花でせうか、遠い所に色も鮮やかに、私の眼を照らして迎へるやうに咲いてゐます。それは山躑躅の真赤な花で、血で染めたやうな色をしてをり、その花に昨日の宵に聞いた杜宇《ほととぎす》の鳴き声が思ひ出されます。

〔参考〕この御詩には稿本に御作月日の記入は無いが、内容から推して五月中の御作であらう。

ほととぎすはその鋭い鳴き声が、赤い口腔の色と相俟つて「鳴いて血を吐く」と言はれ、又、「思ひいづるときはの山の時鳥《ほととぎす》からくれなゐのふり出てぞ鳴く」(『古今集』夏・詠み人しらず)のやうに「振り絞るやうに血の涙を流して鳴く」とも言はれる。

牡丹

清風吹綠入簾來
庭院落花紅作堆
靜女幽閒看可倣
牡丹獨殿九春開

牡丹

清風緑ヲ吹イテ簾ニ入リ来ル
庭院《ていゐん》落花ノ紅ハ堆ヲ作ス
静女幽閒看テ倣フベシ
牡丹独リ九春ニ殿《しんがり》シテ開クヲ

〔語釈〕緑—特定の草や木を指す訳ではなく、後出の「庭院」に在る並べての草木。庭院—庭。敷地内の建物の無い所。　静女—貞淑な婦人。　幽閒—女性の奥床しくしづかなこと。幽閑。　殿—撤退する軍陣の最後尾。信頼の置ける部隊が之に当る。転じて、此処では春のをはりに咲く、立派な花の意味に用ゐてある。
九春―春の九十日。牡丹の開花は初夏で「殿九春開」ことになる。

〔意訳〕清らかな風が草木の緑を吹いて簾から入つて来て、庭には牡丹の落花の紅の花びらが積もつてゐます。この牡丹が春の季節の最後に咲く様《さま》に、貞淑で奥床しい婦人は見習はなければなりません。

〔参考〕この御詩にも稿本に御作月日の記入は無い。
嘗て宮城内には「牡丹の間」と名付けられた部屋が在つた。四方の壁には月光色薔薇模様の繻子が貼られ、格天井には極彩色で牡丹を始め鉄線等が描かれ、広さは東西六間（一間は約一、八六メートル）南北四間。主として小規模の御陪食や、豊明殿に於ける饗宴の前後の御婦人方の談話室に用ゐられ、「婦人の間」とも称された。昭和二十年戦災にて焼失。

觀散樂

散楽《さんがく》ヲ観ル

廣堂肅肅默無聲
広堂粛粛黙シテ声無ク

鼓笛調和嘹喨清
鼓笛調和シ嘹喨《れうりやう》トシテ清シ

三六八

高尚歌詞幽雅舞
依稀寫得古人情

高尚ノ歌詞幽雅ノ舞
依稀《いき》写シ得タリ古人ノ情

〔語釈〕粛粛—静かで、厳か。　散楽—能楽の旧称。概説は参考欄に譲る。　嘹喨—声が澄み徹る。　幽雅—奥床しく且つ上品。　依稀—そつくり。其の物を彷彿とさせること。

〔意訳〕広い会場は粛々として声も無く、鼓や笛の音色はよく調和がとれ、演者の声は澄み徹り、歌詞は高尚にして、舞は幽雅。古《いにしへ》の人の思ひがよく写し出されてゐます。

〔参考〕これは六月の御作とある。

散楽は我国に元々あつた大衆芸能に、支那にあつた曲芸、手品等が奈良時代に（それ以前との説も）伝はつて来て合はさつたもの。転訛して猿楽とも呼ばれた。当初は座興に行ふやうな低俗滑稽なものであつたが、天平年間（凡そ千二百五十年前）等には宮中の相撲《すまひ》の節会《せちゑ》などの際にも行はれてゐた。応和年間（凡そ千年前）宮中では行はれなくなつたが、民間に様々な芸能として広まり、後々、その演芸的な面が観阿弥、世阿弥等の手で発展させられたものが能である。散楽は能楽の旧称とも言はれる。歌舞伎や狂言も散楽を起源とするものである。現代では散楽と言へば滑稽猥雑な雑芸を連想するが、上述の如く能楽の意味もあり、御詩の内容からして御題の「散楽」は能楽を指し給ひしものである。

『明治天皇紀』に依れば此の年六月十日、靖國神社能楽堂に於いて北白川宮成久王が能楽を催され、皇后が行啓、台覧遊ばされた由である。『明治天皇紀』には東宮妃が御一緒されたといふ記録はないが、恐らく此の時御一緒され、その事をお詠み遊ばされたものと拝察仕る。

即事

連日南風樹下楼
聚頭默坐暗懷憂
狂雷驟雨一過後
切切蟬聲亦帶愁

即事

連日南風樹下ノ楼
聚頭《しゆうとう》默坐シ暗《ふか》ク憂ヲ懐《いだ》ク
狂雷驟雨《きやうらいしうう》一過ノ後
切切タル蟬声亦愁ヲ帯ブ

〔語釈〕即事―その場の事を詠んだ詩に付す題。南風―南の風。夏の風。楼―二階建て以上の建物。幾層にも高く組上げた建造物。聚頭―顔を寄せ合ふ。暗―深。狂雷―荒れ狂ふ雷。驟雨―俄か雨。切切―悲しい。憂・愁―承句の「憂」は「心を痛め案ずる」、結句の「愁」は「悲しく寂しい」。「憂愁」は「心を痛め、悲しむ」。

〔意訳〕宮中の樹下の高殿には連日夏の風が吹き、皆々顔を寄せ合つては、黙りこくつて坐り、夫々に心中深く憂ひを懐いてゐるのです。俄か雨と、荒れ狂つた雷も過ぎて、悲しげに鳴く蟬の声も亦愁ひを帯びて聞こえます。

〔参考〕 これは七月の御作とある。

この御詩は、明治天皇の御不例を案じ奉り給ひし御作と拝察申上げる。『明治天皇紀』に依れば、天皇は七月十日東京帝国大学卒業証書授与式に行幸の際、階段昇降に玉歩鈍重、疲労倦怠の状が拝され、十四日毎朝の定例拝診に聖体に疼痛あり、又、胃や脚部にも異常があり、時々仮睡し給ふやうになられた。翌日、天皇は御違例を推して第三回日露協約に関する枢密院会議に午前十一時四十五分臨御、議事終了後午後零時三十五分入御あらせられた。ところが、「天皇挙止端厳、出でて事に即《つ》くと、入りて燕居《えんきょ》（閑暇の折の安居）するとを問はず、一たび其の席に就くや、久しきに弥《わた》りて殆ど微動だもしたまはず、然るに是の日姿勢を乱したまふこと甚しく、剰《あまつさ》へ時々仮睡したまふ、大臣・顧問官等皆之れを異《あや》しむ、天皇入御の後、左右に宣《のたま》ひて曰く、本日の会議は、事外交に関し、特に重要の問題なるを以て、努めて之れに臨めりと雖も、疲労に堪へず、覚えず坐睡両三回に及べり」と言ふ御様子であられた。

十七日には脈拍不整、肝臓少しく硬化、脚部前脛骨筋部に疼痛、下腿に浮腫、御歩行著しく緩慢の中、昨日の如く出御あらせられた。十八日御容体概ね昨日の如く、表出御はなく、終日仮睡、夜、何時ものやうに蓄音機を聞かれたが坐睡頻りであられ、又、此の夜は終宵安眠し能はず、十九日に至り御病状昂進、御夕食も進まず、九時三十分昏睡状態に陥り給ふ。

二十日、午後にこの事実を国民に伝へ、官報号外を以て御容体書が発表された。その内容は次のやうである。

天皇陛下ハ明治三十七年末頃ヨリ糖尿病ニ罹ラセラレ次テ三十九年一月末ヨリ慢性腎臓炎御併発爾来御病勢多少増減アリタル処本月十四日御腸胃症ニ罹ラセラレ翌十五日ヨリ少々御嗜眠ノ御傾向アラセラレ一昨十八日以来御嗜眠ハ一層増加御食気減少昨十九日午後ヨリ御精神少シク恍惚ノ御状態ニテ御脳症アラセラレ御尿量頓ニ甚シク減少蛋白質著シク増加同日夕刻ヨリ突然御発熱御体温四十度五分ニ昇騰御脈百〇四至御呼吸三十八回今朝御体温三十九度六分御脈百〇八至御呼吸三十二回ニシテ今二十日午前九時侍医頭医学博士男爵岡玄卿東京帝国大学医科大学教授医学博士青山胤通及東京帝国大学医科大学教授医学博士三浦謹之助拝診ノ上尿毒ノ御症タル旨上申セリ

此の後御病状日に日に昂進、三十日に至り、御病終に癒えさせられず、午前零時四十三分心臓麻痺に因り崩御したまふ、宝算実に六十一歳なり、乃ち宮内大臣・内閣総理大臣連署して之れを告示す、一時内大臣剣璽及び御璽・国璽を奉じて正殿に至る、是に於て剣璽渡御の儀行はれ、新帝詔書を発して元を大正と改めたまふ、

（『明治天皇紀』）

たのである。

『明治天皇紀』に依れば、東宮妃は御容体書が発表された二十日に参内、看護に侍し給ひ（皇太子は五月下旬以来水痘を患ひ臥してをられ、二十四日に至り離床、直ちに参内、天機を候し給うた。）、以後、崩御の時に至る迄連日参内、看護に侍し給ふ事が続いたが、各内親王も御同様であつた。そして十九日の記録では「去る十五日以来暑気殊に甚しく、連日華氏九十度（註―摂氏三十二度強）を下らず」と言ふ気候であり、二十三日に漸く「夜来雨あり、大に暑気を銷《け》」した由である。

皇太子・同妃を始め皇族の方々の参内、看護に侍し給ひたる事と言ひ、天候の記録と言ひ、この御詩一首は明治から大正への御代替り直前の、言ひ知れぬ憂愁を詠み給ひたる御作と拝し奉る。

此の時三島中洲は四首の作を成してゐる。「中洲詩稿　二」より其の内の一首を紹介しておかう。「中洲詩稿」も全て白文のみであり、訓読、語釈、意訳は筆者が付した。

大正元年七月三十日昧爽賦卽事

大正元年七月三十日昧爽《まいさう》即事ヲ賦ス

内治外征王道隆　　内治外征王道隆《さかん》ナリ

一朝何料捐宸宮　　一朝何ゾ料《はか》ラン宸宮《しんきゅう》ヲ捐《す》ツルヲ

送迎舊帝又新帝　　送リ迎フ旧帝又新帝

悲喜交生轉瞬中　悲喜《こもごも》交《こもごも》転瞬《てんしゅん》ノ中《うち》ニ生ズ

昧爽—未明。　捐—貴人の死。「捐宸宮」で「天皇の崩御」。　宸宮—宮城。宮廷。　転瞬—まばたきの間ほどのごく短い時間。

〔意訳〕（大正元年七月三十日の未明の出来事を賦す）内治に外征に、明治天皇の御治世は実に隆々たるものであつた。然るに何事であらうか、この朝、思ひもかけず崩御し給ふとは。皇位には一瞬の空隙も無く、先帝崩御し給ふや、直ちに新帝践祚し給ひ、その崩御の悲しみと、践祚の喜びとが次々に起きたのは瞬く間の事であつた。

聖上に近侍してゐた中洲は別の詩に「尊骸ニ拝訣シテ涙万行」とも詠んでゐる。このやうな詩に接すると、筆者の如きは中洲とは天地霄壌の不肖艸莽土着とは言へ、昭和から平成への御代替りの、あの忘れ得ぬ時が蘇り、真に涙無きを禁じ得ない。

大正二年

讀源語憶本居侍講

源語ヲ読ミ本居侍講ヲ憶フ

一朝何事忽登仙
懇切講文茲十年
春雨窗前風瑟瑟
巻舒源語涙潸然

一朝何事ゾ忽チ登仙ス
懇切文ヲ講ズ茲ニ十年
春雨窓前風瑟瑟《しつしつ》
源語ヲ巻舒《けんじょ》シテ涙潸然《さんぜん》タリ

〔語釈〕 源語―源氏物語。 本居侍講―東宮侍講本居豊穎《とよかい》。略歴は参考欄に。 登仙―亡くなる。 瑟瑟―寂しく吹く風の音の形容。 巻舒―巻物を巻いたり、舒《の》ばしたりする。転じて書物を読む。 潸然―さめざめと涙を流すこと。

〔意訳〕〔「源氏物語」を読み東宮侍講本居豊穎を思ひ出して〕何事であらうか。こんなに急に亡くなるとは。思へば懇切に学問を講じて茲に十年を経ました。春雨の降る窓には寂しく風が吹き渡り、その窓辺に「源氏物語」を読みつゝ、本居侍講が思ひ出されて涙がさめざめと流れます。

〔参考〕これは三月の御作とある。東宮侍講本居豊穎が亡くなつたのは二月十五日、享年八十。

本居豊穎は本居宣長の養子本居大平《おほひら》の、その又養子の本居内遠《うちとほ》の子である。天保五年（皇紀二四九四）和歌山生れ。藩の国学の教官の後、維新後は神田神社祀官。神社界に重きをなす一方、東京帝大講師も勤む。明治二十九年東宮侍講を拝命。

悼飛行家墜死　飛行家ノ墜死ヲ悼ム

東飛西走御虚空　東飛西走虚空ヲ御ス
自在操縦輕似鴻　自在ニ操縦シ軽キコト鴻ニ似タリ
忽遇旋風身墜死　忽チ旋風ニ遇ヒ身墜死ス
誰人不惜萬夫雄　誰人カ惜シマザラム万夫ノ雄ナルヲ

〔語釈〕飛行家―青山練兵場より所沢飛行場に帰還の途中、埼玉県入間の山中に墜落殉難した陸軍砲兵中尉木村鈴四郎と同歩兵中尉徳田金一。
〔意訳〕大空高く東に西に、巧みに飛行機にて飛び又走り、操縦の自由自在なること、恰も鴻《おほとり》が飛んでゐるかの如くです。ところが、突然の旋風に遭遇し、その身は墜落死してしまひました。この二人の、万人のますらをにも匹敵する雄々しさを、誰か惜しまない人がありませうか。

〔参考〕この御作には稿本に日付は無いが、大正二年三月二十八日に発生した「帝国航空界最初ノ犠牲」を悼み給ひし御詩である。概説は『天地十分春風吹き満つ』の大正四年の御製詩「飛行機」を参照されたい。

飛行機は当時はまだまだ開発初期段階であり、現代感覚では想像し得ないやうな危険性は当然伴つてゐたであらう。明治四十三年の潜水艇沈没の際の御詩同様、一身を顧ず、帝国軍人としての本分に殉じた者に対し、満腔の敬意と哀悼の意とを表し給ひし御詩と拝し奉る。

詠曲水宴

碧桃花綻送香風
日照盛筵波浪紅
追想一千年外興
觴隨水去苦吟中

曲水ノ宴ヲ詠ズ

碧桃《へきたう》花綻ビ香風ヲ送ル
日ハ盛筵ヲ照シテ波浪紅《くれなゐ》ナリ
追想ス一千年外《ぐわい》ノ興《たのしみ》
觴ハ水ニ隨ヒテ苦吟ノ中ニ去ル

〔語釈〕曲水宴―平安時代に節句（三月三日）に宮中にて行はれてゐた宴。参会者が曲水の諸所に坐り、流されて来る酒杯が通過する迄に歌を詠み、杯の酒を飲んで次に回す行事。起源は支那の秦代とされるが、本朝では「日本書紀・巻十五」第二十三代顕宗《けんぞう》天皇元年（皇紀一一四五）三月の条に「上巳《かみのみのひ》に、後苑《みその》に幸《いでま》して、曲水《めぐりみづ》の宴《とよのあかり》きこしめす。」とあるのが初見。今も之に倣つて三月或は四月の候に「曲水宴」を催してゐる神社等もある。　碧桃―「碧色の桃の実」の意味もあるが、此処は果樹の桃の一種で、千葉桃と言はれる実を結ばない種類かと推察する。　香風―花などを吹く香りの好い風。　外―遠い。　興―たのしみ。　觴―「さかづき」の総名。「杯觴《はいしやう》」の熟語が有り「杯」も同じ。「盃」は「杯」の俗字。

〔意訳〕碧桃の花は綻んで、香りの好い風が吹き送られて、日は盛んな宴を照らして曲水には花の紅色が映えてゐます。中々歌が詠めずにゐる中に觴が流れて来てしまひ、觴を受け損なつたなどと言ふ、遠い一千年前のたのしみも追想されることです。

〔参考〕この御作にも日付は付されてゐない。

「一千年」にあまり拘ることもないとは思ふが、万葉集に天平勝宝二年（皇紀一四一〇）大伴家持が上巳《じやうし》の宴を開いた歌が載るが、筆者は「波浪紅」に万葉集巻十七に載る「七言晩春三日遊覧一首幷序」の冒頭にある「上巳の名辰、暮春の麗景、桃花瞼を照して紅を分ち、云々」を思ふ。顕宗天皇の頃よりも、家持の詠んだ頃がより「一千年」に近くもある。

なほ、この御詩は大正二年の御作とされてゐるが筆者は疑問を抱かざるを得ない。大正二年の三月、四月と言へば未だ諒闇中である。この御詩の題は稿本には「次某曲水宴詩」とあり、貞明皇后御自身が曲水宴に臨まれた訳ではないであらうが、少なくともこの時期に曲水と言ふ遊宴の様をお詠みになるとは思へないし、抑々『大正天皇実録』大正二年の三月、四月にはそのやうな催しの記録は素より「曲水宴」への、皇后行啓の記録も見当たらない。『貞明皇后御詩集』には採られてゐないが、稿本に載るこの時期の他の御作を見てもこのやうな〝宴〟に類するやうな御作は見受けられない。既述のやうに稿本に御作の日付が無い点も考へ併せこの御詩は大正二年の御作にあらずと思量する。

次三島中洲讀乃木大將惜花和歌有感詩

三島中洲ガ乃木大将ノ花ヲ惜シムノ和歌ヲ読ミテ感有リノ詩ニ次ス

墜紫殘紅夕日沈　墜《つゐ》紫《し》残紅《ざんこう》夕日沈ミ
寂寥春晩感尤深　寂寥タル春晩感尤モ深シ
惜花名將如花散　花ヲ惜シム名将花ノ如ク散ル
追慕難忘殉主心　追慕忘レ難シ殉主ノ心

〔**語釈**〕墜紫―「墜紫」の熟語は諸橋博士の「大漢和辞典」にも見えないが「墜」は「落ちる・散る」。「紫」

は「青と赤の中間の色」で、色褪せた桜の花の色と解し、「墜紫」は「色褪せて地面に散つた桜」と解した。残紅―散り残る紅い花。「散つてしまつた紅い花」の意味もある。

〔意訳〕 色褪せて散つた桜、散り残る桜、そんな中に夕日が沈んで行き、このやうにもの寂しい晩春の頃には、とりわけ心が深く動かされます。思へば散る花を惜しむ歌を詠んだ名将乃木希典は、その花の散るが如くに逝き去りました。再び会ふことも叶はぬ乃木大将よ、殊に先帝に殉じ奉つたその心は忘れ難いものです。

〔参考〕 この御作にも日付は付されてゐない。

「乃木大将惜花和歌」とは「色あせて木ずゑに残るそれならでちりてあとなき花ぞ恋しき」。「色あせて木ずゑに残るそれ」は「残紅」、「ちりてあとなき花」が「墜紫」であらう。

大正天皇御製詩に「読乃木希典惜花詞有感」がある。『天地十分春風吹き満つ』の大正二年の部を是非併せ読まれたい。

中洲の作なる由の「読乃木大將惜花和歌有感」の詩は、後述（『御詩集』末尾の御詩の参考欄）の如く筆者としては八方手を尽したが目にする事は出来なかつた。

警衛軍艦交代探海燈照他艦波上忽現白城其景不可名狀

警衛ノ軍艦交代、探海灯他艦ヲ照シ、波上忽チ白城《はくじやう》ヲ現ズ。其ノ景名状《めいじやう》スベカラズ。

海上艨艟威可矜　　海上ノ艨艟威矜《ほこ》ルベシ
夕陽已沒暮雲層　　夕陽已ニ没シ暮雲層《かさな》ル
波間涌出龍宮閣　　波間涌キ出ヅ龍宮閣
是倚神光探照燈　　是レ神光《しんくわう》探照灯ニ倚ル

〔語釈〕白城―軍艦が探海灯に照らし出された様の形容。　名状―或る光景を言ひ表す。　艨艟―軍船《いくさぶね》。軍艦。神光―不思議な光。

〔意訳〕〔警衛の軍艦が交代する時、探海灯が他の艦を照らし、波上には忽ち白い城のやうな堂々たる軍艦が現れ、其の情景たるや名状し難いものがあります〕海上の艨艟の威容は正に矜るべきものです。今や、夕陽は已に没し夕暮の雲が幾重にも重なつてゐます。波間に浮ぶ艦隊はまるで竜宮城が涌き出たやうで、この波間に涌き出た竜宮城を照らすやうな不思議な光、それは探海灯の光なのです。

〔参考〕稿本にはこれは六月の御作とあるが七月の間違ひにあらずやと思はれる。『明治天皇紀』にしろ『大正天皇実録』にしろ行幸、行啓の事は必ず記録されてゐる。大正二年六月には両陛下が船にお乗り遊ばしたと言ふ記録は無い。『大正天皇実録』に依れば両陛下は六月十八日、保養の為葉山に行幸啓、還幸啓は七月二十五日であつた。その間海上へのお出ましは二度。以下大正二年の『大正天皇実録』を引用しよう。この部分の実録には先づ御製詩二首を記録した後「前者ハ蓋シ七月十八日警備艦筑波ニ乗御シ、洋々タル相模湾内ヲ伊豆大島附近ニ至ルマデ御進航、臨機艦隊運動及ビ基本教練等ノ諸作業ヲ叡覧アリ、海軍ノ発達ニ大御心ヲ注カ《ママ》セ給フ傍ラ、蒼海ノ情ヲ賦シ給ヘルモノノ如ク、又後者ハ七月二十二日よっ《ママ》と初加勢ニ御乗艇、城ヶ島附近ニ出デ給ヘル御時ノモノナルヤニ拝セラル。此ノ時供奉員中ニハ船暈（註—船酔ひ）ニ悩ム者少カラザリシガ、龍顔変ラセ給ハズ、厳然タル御言動ニ侍臣皆感激セリ。（以下略）」とある。『大正天皇実録』に記録される二首の御製詩「駕軍艦巡航相海」「乗初加勢」の中、前者の御製詩を御紹介しよう。『大正天皇実録』には白文のみであり、訓読、語釈並に意訳は筆者が付した。

駕軍艦巡航相海

蒼海漫々碧瀾平
時駕艨艟自在行
咫尺大島人烟起

軍艦ニ駕シテ相海ヲ巡航ス

蒼海漫々碧瀾平カナリ
時ニ艨艟ニ駕シテ自在ニ行ク
咫尺《しせき》ノ大島人烟起リ

葉山縹渺翠黛横
巡航百里晴更好
邂逅佛艦聽笛聲
四顧無雲何快闊
長風吹面氣轉清

葉山縹渺翠黛《すゐたい》横タハル
巡航百里晴レテ更ニ好ク
邂逅ノ仏艦笛声聴コユ
四顧雲無ク何ゾ快闊ナル
長風面ヲ吹イテ気転《うた》タ清シ

〔語釈〕相海—相模湾。　蒼—濃い青色。碧は蒼よりも薄い青色。　漫々—限りも無く広々としてゐる。　咫尺—間近。　人烟—人家から立上る烟。　縹渺—遥かに広い。　翠黛—黛で描いたやうに見える遠くの山。　快濶—心地良く開ける。　長風—遠くから吹く風。　気—心地。気分。転—いよいよ。

〔意訳〕蒼《あを》い海原は限りも無く広々と、碧《あを》い瀾《なみ》は穏やかである。そんな時、軍艦に乗り自在に航行してゐる。間近の大島には人家から烟が立上り、遥か遠く広い陸地の方に見える葉山の辺りには山々が横たはってゐるやうに見える。巡航の航程百里は晴れて更に好く、邂逅した仏国の軍艦からは汽笛の声が聴こえる。何処を見回しても雲も無く、何と心地良く開けてゐることか。海原遠くから吹く風は吾が顔を吹き、いよいよ清々しい気持になるではないか。

八十頓の「よっと初加勢《はつかぜ》」は素より「艨艟」ではなく「白城」は有り得ない。一万三千頓余の巡洋戦艦筑波を警衛する軍艦にして始めて「白城」たり得る。この御詩は七月十八日に御乗艦の砌、天皇はお昼の光景を、皇后は夕暮の光景をお詠みになられたのでは、と拝察申上げる。

應制詠漁父

碧海千尋投釣綸
日收潑剌幾鮮鱗
歸家喜免風波險
一葉扁舟寄此身

応制漁父《おうせいぎょふ》ヲ詠ズ

碧海千尋釣綸《てうりん》ヲ投ジ
日ニ収ム溌剌幾鮮鱗
家ニ帰リ喜ブ風波ノ険ヲ免レタルヲ
一葉ノ扁舟此ノ身ヲ寄ス

〔語釈〕応制―天子の命により詩歌を詠むこと。　漁父―漁師。「父」は老人への敬称でもあるので、「漁夫―漁師」の中でも年配者を指す。　千尋―長さや深さの甚だしい事の詩的表現。　釣綸―釣糸。　一葉―「葉」は扁平で小さい物を譬へる語。詩歌に多く用ゐられる。「ふね」の数詞は一般的には、小舟には「艘」、大形の物には「隻・杯」とされるがそれ程厳密に区別されてゐる訳ではないし、他の数詞もある。　扁舟―小舟。

〔意訳〕漁師達は碧い海の底深く釣糸を垂れ、一日にどれくらゐの生きの好い、新鮮な魚を得るのでせうか。家に帰り、先づは風や波の危ない目に遭はなかつたことを喜んでゐることでせう。何と言つても、小さな舟に身を託してゐるのですから。

〔参考〕この御作に日付は付されてゐないが、稿本には題の前に「初夏」と書き込まれてゐる。

この御詩は「扁舟」であるが、昭和十五年七月には「大船」を詠み給ひし御歌が拝される。『御集』には採られてゐない。佐々木信綱『謹解本』より。

漁船

海のうへ北に南にいさりする大船おほくなれる御代かな

『謹解本』には「遠洋漁業の隆盛に、日本の繁栄をみそなはせられた御作で、南氷洋の捕鯨船の活動などをも、思し召されたことと拝察される。」とある。

應制詠蕣花

応制蕣花《しゅんくゎ》ヲ詠ズ

湛湛露華如水晶
湛湛《たんたん》タル露華水晶ノ如ク

奇葩麗蕋慰心情
奇《き》葩《は》麗蕋《れいずゐ》心情ヲ慰ム

清涼花愛清涼趣
清涼ノ花ハ清涼ノ趣ヲ愛《を》シミ

毎綻朝晴萎午晴
毎《つね》ニ朝晴ニ綻ビ午晴ニ萎ム

〔語釈〕 湛湛―露の盛んなさま。　露華―露のひかり。　奇葩麗蕋―奇麗（すぐれてうるはしい。「綺麗」に同じ。）な花。「葩」は「花」。「蕋」は「しべ―花の生殖器官」と「花」の二義あるが、此処では後者であらう。

愛―持つたものと離れ難い。

〔意訳〕沢山の露の光はまるで水晶のやうで、綺麗な花は心を慰めてくれます。さつぱりとして清々しい花は、清々しい趣を愛しみ、何時も晴れた朝には開き、午後には萎むのです。

〔参考〕この御作にも日付は付されてゐないが、稿本には題の前に「夏」と書き込まれてゐる。『天地十分春風吹き満つ』の大正二年の御製詩「喜二位局獻蕣花」と同時期の御作と思はれる。

哭威仁親王

威仁《たけひと》親王ヲ哭ス

春秋冬夏欲輸忠

歳月頻移感慨中

一夜疾風吹燭滅

堪聞暗壁咽鳴蟲

春秋冬夏忠ヲ輸《いた》サント欲ス

歳月頻ニ移ル感慨ノ中

一夜疾風燭ヲ吹キ滅ス

聞クニ堪ヘンヤ暗壁咽鳴ノ蟲

〔語釈〕威仁親王―東宮輔導有《あり》栖《す》川《がは》宮《のみや》威仁親王。明治天皇の聖旨を奉戴、滅私奉公、能く東宮（大正天皇）に近侍し奉つた。　輸―致す。精一杯尽す。　燭―篝火、蝋燭の火などの火、之を人の生命に譬へてある。

〔意訳〕威仁親王は如何なる時にも変る事無く忠義を尽さうとしてをりました。そんな歳月が威仁親王を偲ぶ感慨の中に頻りに移りゆきます。一夜の疾風に燭が吹き消されるやうに亡くなり、その悲しみに、暗い壁に咽び鳴く蟲の声すら聞くに堪へ難いものがあります。

〔参考〕この御作は七月とある。即ち七月十日に薨去せる威仁親王を悼み給ひし御詩である。威仁親王に関しては『天地十分春風吹き満つ』の明治三十二年の御製詩「訪欽堂親王別業」竝に大正二年の御製詩「示高松宮」を御参照願ひたい。

觀華嚴瀧

華厳ノ滝ヲ観ル

廻嶝躋攀意快然
嶝ヲ廻《めぐ》リ躋攀《せいはん》シ意快然《くわいぜん》

懸崖百丈瀑泉懸
懸崖百丈瀑泉懸ル

九天仰望銀河決
九天仰望スレバ銀河決シ

一道寒聲歳幾千
一道ノ寒声歳幾千

〔語釈〕華厳滝―日光市にある華厳の滝。嶝―山の道。躋攀―攀ぢ躋《の》ぼる。「登躋《とうせい》・登攀《とうはん》」同じやうな意味である。快然―心地好い。百丈―一丈は三メートル余。華厳の滝は落差九十九メートル、「百丈」は詩的表現。九天―大空。或は天の一番高い所。銀河―天の川。決―堰を切つたやうな激しい水流。一道―一筋。　寒声―冷たい水の音。

〔**意訳**〕山道を廻り、攀ぢ登つて気分も爽快。切り立つた崖の高い高い所から素晴らしい滝が懸つてゐます。天の高い所を仰げば其処から銀河が勢い良く流れ落ちて来るやうで、この一筋の冷たい水の音は幾千年前から響いてゐるのでせう。

〔**参考**〕この御作は八月とある。八月十八日より九月十五日の間、両陛下は日光田母沢御用邸に避暑あらせられたが、これはその間の御作ならん。『天地十分春風吹き満つ』には明治四十年の御製詩「観華厳瀑」が載る。

なほ、日光御滞在中の八月三十一日は、天長節であるが、この年以降八月三十一日には天長節祭のみを行はせられ、十月三十一日を天長節祝日と定め給ひ、宮中に於る拝賀・宴会はその日に行はせらるべく仰せがあつた。そして、天長節祭には東園侍従をして代拝せしめ給ひ、田母沢御用邸に於ては御内宴が催され、日光町民は奉祝の花火を叡覧に供し奉つた。この日、貞明皇后は次なる奉祝の御歌をお詠み遊ばしたのである。

寄天祝　天長節

よろづよはかぎりこそあれかぎりなきそらにたぐへむ君がよはひは

新嘗祭

雲晴風暖小春天
先獻新禾孝道宣
神祖欣然賜慶福
來秋足ト亦豐年

新嘗祭《にひなめさい》

雲晴レ風暖ニ小春ノ天
先ヅ新禾《しんくゎ》ヲ献ジ孝道宣《の》ブ
神祖欣然トシテ慶福ヲ賜フ
来秋ト《ぼく》スルニ足ル亦豊年ナルヲ

〔語釈〕 新嘗祭―既出（明治四十一年「新嘗祭」）。　禾―稲

〔意訳〕 新嘗祭の今日、雲は晴れ風は暖かく穏やかな小春日和。天皇陛下は御親《みづか》ら新穀を皇祖天照大御神を始め神々にお供へして、その高く深き御恩を謝し、そして御親ら之を聞食し給ひます。そして、御祖の神々は大変およろこびになり、この国土国民に有難い幸せを賜ふのです。来年の秋も屹度間違ひ無く豊作となることでせう。

〔参考〕 この御作は十一月とある。新嘗祭は十一月二十三日に斎行されるので、この日以降の御作である。但し、果たして本当にこの年の御作なるや否や、疑念無きにしも非ずであり、詳細は『天地十分春風吹き満つ』の大正二年の御製詩「新嘗祭有作」を併せ読まれたい。

歳晩卽事

寒月霜風征雁鳴
深宮玉漏夜三更
回頭終歳爲何事
空對殘燈夢不成

歳晩即事

寒月霜風征雁鳴ク
深宮玉漏《ぎょくろう》夜三更
頭《かうべ》ヲ回《めぐら》セバ終歳何事ヲカ為ス
空シク残灯《ざんとう》ニ対シ夢成ラズ

〔**語釈**〕 寒月―寒い冬の夜の月。 霜風―冷たい風。 征雁―遠方に飛んで征く雁。 玉漏―玉で飾られた漏刻（水時計）。 三更―真夜中（十二時）。 回頭―過去を振り返る。 残灯―消え残る灯。

〔**意訳**〕 冬の夜の月は寒々と、風も冷たく、遠くに征く雁の鳴き声が聞え、宮中奥深く、玉漏は真夜中を告げてゐます。この一年を振り返つてみれば一体何を成し遂げたでせうかと、空しく消え残る灯に向ひ、夢を結ぶ事も出来ません。

〔**参考**〕 この御作は十二月とあるが、それは題から自明である。

大正三年

瓶中水仙花

雪虐霜饕総不知
幽齋瓶裏水仙奇
清香馥郁風情好
含笑美人清艶姿

瓶中ノ水仙花

雪虐《せつぎゃく》霜饕《さうたう》総テ知ラズ
幽斎《いうさい》瓶裏水仙奇ナリ
清香馥郁風情好シ
笑ヲ含ム美人清艶ノ姿

〔語釈〕雪虐霜饕―雪に虐げられ、霜に饕《むさぼ》られる。野外の植物が雪や霜に痛めつけられること。　幽斎―静かな部屋。　馥郁―かをりが高い。　清艶―清らかで、しかも潤ひのある美しさ。

〔意訳〕部屋の中に在つて、瓶に活けられた水仙の花は雪や霜に痛めつけられることも全くないので、取分け優れて美しく見えます。清らかな香りは高く、風情も亦好く、恰も笑を含む美人の清らかで、しかも潤ひのある美しい姿が思はれます。

〔参考〕この御作は一月とある。同じ頃であらう、「雪虐霜饕」の様子は次のやうに御歌に詠み給うた。

春霜

朝戸出の庭の春風なほさえてしばふの上は霜ましろなり

観侍臣調馬

侍臣ノ調馬《てうば》ヲ観ル

春晴和暖絶微風　　春晴和暖微風ヲ絶ツ

鞍上揮鞭氣自融　　鞍上鞭ヲ揮ヒ気自ラ融ナリ

上苑梅花初綻處　　上苑《じやうゑん》ノ梅花初メテ綻ブ処

馬蹄戛戛夕陽中　　馬蹄戛戛《かつかつ》タリ夕陽ノ中

〔語釈〕調馬―馬を乗り馴らす。　和暖―天気が和らぎ暖かい。　融―朗らか。上苑―天子の庭園。但し、当時は吹上御苑に「広芝の馬場」と称する馬場が設けられてをり（『天地十分春風吹き満つ』の大正二年の御製詩「吹上苑習馬」参照）、この転句、添削前には「吹上苑辺梅綻処」とあり、「上苑」は即ち「吹上苑」を指すものと思はれる。　戛戛―物の相撃つ音で、馬蹄の鳴ることを形容する語。

〔意訳〕春の晴れた日、和らぎ暖かく微風も起らず、調馬に励む侍臣達は鞍の上に鞭を揮ひつつ気も自づから朗らかです。

〔参考〕この御作も一月とある。

紀元節

紀元佳節瑞雲鮮
追憶奠都開國年
四海同心仰皇化
千秋鴻業大如天

紀元節

紀元ノ佳節瑞雲鮮カナリ
追憶ス奠《てんと》都開国ノ年
四海同心皇化ヲ仰グ
千秋鴻業大ナルコト天ノ如シ

〔語釈〕紀元佳節—神武天皇が御即位の礼を行はせ給ひし日に相当する佳き節目の日。二月十一日「紀元」は「建国の初年」、「節」は「祝日」。奠都—都を奠《さだ》める。四海—天下。皇化—天皇の御聖徳に依り、人民を教化、善導すること。千秋—非常に長い年月。鴻業—天子に依る偉大なる事業。天—至高にして至大、又、常に仰がれるもの。天子のなし給ふことを鑽仰する語。

〔意訳〕紀元節の佳き日、おめでたい雲も鮮やかに棚引く様に、神武天皇が都を奠《さだ》め、国を開き給ひし遠い古《いにしへ》の事が思ひ起されます。天下の人民は心を一つにして天皇のお教へを仰ぎ、言ひやうもない長年月に亙る偉大なる御事業はただただ仰ぎ奉るほかないものです。

〔参考〕 この御作は二月とある。二月十一日の紀元節の頃に詠み給ひし御詩であらう。此の日、天皇は紀元節祭により午前九時半賢所・皇霊殿・神殿に御拝、御告文を奏し給ひ、其の後正殿にて有爵有位華族に賜謁、更に、豊明殿に出御、宴会を催し、群臣に勅語を給ふ等の祝賀行事があつた。

明治五年十一月十五日、太政官布告にて神武天皇御即位の年を「紀元」と定められ、第一月二十九日は御即位の日に当るので祝日とし、例年の祭典執行が布告された。翌六年一月四日、神武天皇御即位日、並に天長節を祝日と定められ、続いて三月七日の太政官布告にて神武天皇御即位日を「紀元節」と称することと定められた。前述の「第一月二十九日」は旧暦の元旦を新暦に換算した日付であつたが、さうすれば毎年、その日が変ることとなるので、『日本書紀・巻第三』に見える「辛酉年《かのとりのとし》の春《はる》正月《むつき》の庚辰《かのえたつ》の朔《ついたちのひ》に、天皇《すめらみこと》、橿原宮《かしはらのみや》に即帝位《あまつひつぎしろしめ》す。是歳《ことし》を天皇の元年《はじめのとし》とす。」の「辛酉年の春正月の庚辰の朔」を新暦に換算して二月十一日に「紀元節祭」を執行することと定められ、明治七年より二月十一日に固定した。神宮、官国幣社では大正三年以来中祭式を以て祭典が執行されるやう定められ、又、国民有志の間にも「建国祭」として広範な景仰奉祝の輪が広がつて行つた。

「紀元節祭」は皇室祭祀令の大祭であり、御親祭遊ばす重儀である。戦後も昭和二十三年迄は従来通り斎行されて来たが、占領軍の暴政に依り、昭和二十三年七月二十日「国民の祝日に関する法律」が公布され、祝祭日の改廃も甚だしく「紀元節祭」も取止めの已む無きに至つた。併し、翌年からは思召しに依り二月十一日に「臨時御拝」が斎行されることとなり、平成の御代に至つてゐる由、洩れ承る。

祝祭日の改廃は官民を問はず大多数の国民の痛憤憂慮する処であつたが、就中「紀元節」は正に貞明皇后の御詩に「四海同心仰皇化」とある如く、日本民族の正気発揚に決定的に重且つ大なる眼目であるからこそ占領軍は尚更輿論を蹂躙し、紀元節廃止に特に重点を置いたのであつた。民間にあつては昭和二十六年媾和条約発効と共に神社本庁を始め有志団体、個人の間に「紀元節復活」の声が澎湃として起り、政界にあつても昭和二十七年の年初より当時の自由党内で紀元節復活の動きが具体化しつゝあつた。とは言へ国民各界各層に沁み込んだ占領後遺症は重症を呈し、これが同じ日本人かと思ふほか無いやうな偏向教育・報道、祖国憎悪・自虐史観が跳梁跋扈、「紀元節復活」の道程は決して平坦ではなかつた。併し、国民の熱誠の凝る処、難関重畳、紆余曲折を乗越えて、紀元節廃止以来十八年、昭和四十一年十二月九日、「建国記念の日」として復活を見たのである。

虎　　虎

虎兒畜養鐵欄中　　虎児畜養ス鉄欄ノ中

士女成群賞猛雄　　士女群ヲ成シ猛雄ヲ賞ス
時慕故山一虓吼　　時ニ故山ヲ慕ヒ一タビ虓吼《かうこう》スレバ
東臺巨木喚天風　　東台《とうだい》ノ巨木天風ニ喚《よ》ブ

〔語釈〕 虎児—（成獣の）虎。「児」は名詞に添へる助辞。　故山—故郷。　虓吼—虎が怒り吼える。　東台—東京の上野の山。　天風—天空を吹く風。　喚—大声でよぶ。

〔意訳〕 虎は鉄の檻の中に飼はれ、沢山の男女がその猛々しくしかも雄々しい様を観に来てゐます。虎は時に故郷を思ひ出して、怒り吼えることがありますが、さうすると、上野の山々の巨木も、天空を吹く風に喚ぶやうにざわめくのです。

〔参考〕 この御作も二月とある。「東台」とあるので恩賜上野動物園の様子を詠み給ひたるものであらうが、少なくとも『大正天皇実録』には、大正三年の二月頃に恩賜上野動物園行啓（或いは行幸）の記録は無い。上野動物園の虎や、見物の人々の様子を侍臣よりお聞きになり、お詠み遊ばされたるにあらずやと拝される。

神武天皇祭

中原戡定事茫茫
神武開邦萬世長
親謁靈前德難忘
仁風恩露遍扶桑

神武天皇祭

中原戡定《ちゅうげんかんてい》事茫茫
神武邦ヲ開キ万世長シ
親シク霊前ニ謁シ徳忘レ難ク
仁風恩露扶桑ニ遍シ

〔語釈〕神武天皇祭―神武天皇の崩御し給ひし日に相当する四月三日に皇霊殿にて行はれる祭儀。大祭。中原―国の中央部に当る枢要な地区、或いは範囲。戡定―（戦ひ）に戡《か》（勝）つて国を平定する。茫茫―（時間的にも、空間的にも）果てしなく遠く、遥かなこと。親謁―「親」は「みづから」で、特に天子の場合に用ゐる。「謁」は、行つて告げる。仁風恩露―天皇の仁恩《みいつくしみ》が風や露の如くに満遍ないこと。扶桑―日本の異称。

〔意訳〕神武天皇が服《まつろ》はぬ賊《あだ》どもを平定し、御東征を終へられたのは、遠く、遥かな昔の事となりました。そして、神武天皇の建国以来皇統は万世一系、連綿と続いてゐます。天皇は皇霊殿にて神武天皇の御霊の御前に御拝、その忘れ難き恩徳を称へ給ふのですが、真に御歴代の天皇の仁恩は風や露の如くに満遍なく日本の国中に行渡つてゐます。

〔参考〕 この御作は四月とあるが、神武天皇祭は四月三日であるので、その頃の御作であらう。『大正天皇実録』四月三日の条には「神武天皇例祭ニヨリ、皇霊殿御拝恒例ノ如シ。」と記録されてゐる。この御詩竝に次の御詩「拝鳥見山祭霊時図」共に『天地十分春風吹き満つ』の大正五年の御製詩「神武天皇祭日拝鳥見山祭霊時図」を併せ読まれたい。

拜鳥見山祭靈畤圖　鳥見山《とみのやま》ニ霊畤《まつりのには》ヲ祭ルノ図ヲ拝ス

櫻花爛漫畫圖中　桜花爛漫タリ画図ノ中
鳥見山頭瑞靄籠　鳥見山頭瑞靄籠ム
祭祀神祇垂後世　神祇ヲ祭祀シ後世ニ垂ル
神州習俗古今同　神州ノ習俗古今同ジ

〔語釈〕 鳥見山―今の奈良県桜井市にある標高二百四十四メートルの山。　霊畤―神霊を祭る為に設けられた神聖な所。音読みすれば「れいじ」。

〔意訳〕 画図には、鳥見山の辺り一帯桜花爛漫として、芽出度さをより際立たせる靄が立ち籠めてゐる中に、天神《あまつかみ》を郊祀《まつ》り、大孝《おやにしたがふこと》を申《の》べ給ふ様が描かれてゐます。神武天皇はこのやうにして、神祇を祭祀し給ひ後世に範を垂れ給うたのです。そして、我が神国日本の習俗は昔も今も変る事無く、承け継がれてゐるのです。

〔参考〕この御作も四月とあり、前の「神武天皇祭」と同じ頃の御作であらうと推察仕る。

山村

過盡一村還一村
山民勤業赤心存
青青桑葉蠶堪養
初夏田園富國源

山村

過ギ尽ス一村還《ま》タ一村
山民業ヲ勤メテ赤心《せきしん》存ス
青青タル桑葉蚕養フニ堪ヘタリ
初夏ノ田園ハ富国ノ源

〔語釈〕山民―山中に住む民。　赤心―まごころ。　田園―都塵を遠く離れた郊外。

〔意訳〕一つの村を過ぎて又一つの村へと、山奥へ分け入ると、その山中に住む人々の仕事振りたるや、実に真心籠るものです。青々と繁茂する桑の葉は蚕を養ふに充分足りて、このやうな民と、桑や蚕の有る田舎は国を富ませる源泉なのです。

〔参考〕この御作は五月とある。「養蚕」の御詩は既に明治四十一年の部に見えてゐる。

拝桃山東陵賦此奉奠

桃山東陵《ももやまのひがしのみささぎ》ヲ拝シ賦シテ此《ここ》ニ奉奠ス

登仙已過六旬日　　登仙已ニ過グ六旬日
來拜東陵臨澱原　　来リテ東陵ヲ拝《をろが》ミ澱《よど》ノ原ニ臨ム
表哀黑布連神道　　表哀ノ黒布神道《しんだう》ニ連ナリ
德音難忘泣無言　　徳音《とくいん》忘レ難ク泣キテ言無シ

〔語釈〕 桃山東陵―昭憲皇太后の御陵。伏見桃山東陵。　登仙―貴人の死去を敬って言ふ語。　旬日―十日間。六旬日は即ち六十日間。　澱原―澱は淀。伏見区の旧町。宇治川、桂川、木津川の合流するあたりで、『延喜式』に「与等津《よとのつ》」とある。桃山の地より南西に低く広がるその辺りを見放け給ひしならん。　神道―「しんだう」と訓み「墓所への道」の事である。「しんたう」は「神ながらの道」。　徳音―善言。誡めとなる善い言葉。

〔意訳〕 昭憲皇太后の崩御以来已に六十日が過ぎました。此処にまゐりまして、伏見桃山東陵に参拝し、そのかみの澱の原に臨んでをります。哀しみを表す黒布は御陵への道筋に連なり、御生前の善言が忘れ難く、涙で言葉もありません。

〔参考〕この御作は六月とある。この年四月十一日昭憲皇太后崩御。五月二十四日大喪儀。仝二十六日斂葬の儀。而して、両陛下は六月十三日京都に行幸啓、翌十四日に明治天皇の伏見桃山陵、昭憲皇太后の伏見桃山東陵に御参拝あらせられた。

此処で「昭憲皇太后」との御追号が果たして妥当であるか否か。小堀桂一郎先生の御著書『和歌に見る日本の心』（明成社発行。平成十五年七月十四日初版第一刷）に適切なる御見解が述べられてをり、筆者は先生のこの御見解に賛意を表するものであり、長文に亙り恐縮ながら参考として抄出、御紹介させて頂く。なほ、小堀先生の御著書には漢字は正漢字が用ゐられてゐる。

明治天皇の崩御に伴ひ、皇后陛下は皇太后の称号をお受けになり、大正三年四月十一日の崩御まで世間は皇太后陛下として遇し奉つてゐたのですから、大正三年五月九日に昭憲皇太后との御追号が発表された時にも（筆者註―『大正天皇実録』のこの日の記録には「皇太后追号奉告祭ニヨリ、午前八時五十五分御出門、皇后ト倶ニ青山御所ニ行幸、殯宮ニ御拝アリ、御告文ヲ奏シ給ヒテ追号ヲ昭憲皇太后ト上《たてまつ》ラセラル。云々」とある。）世間はそれを極く自然のことと受けとめてゐました。既に孝明天皇の皇后に英照皇太后と御追号し奉つた先例もあつたからです。ところが大正四年に明治神宮の御造営が始まり、大正九年十月中旬に御祭神は明治天皇と昭憲皇太后の御二柱、といふ形で発表されると、皇后の御称号について俄かに異論が提起され、何しろ十一月一日の御鎮座祭まで時日も切迫してゐたものですから、これがかなりの緊張をはらんだ火急の政治問題となつてしまふのです。

異論対立の構造を極く簡単に言へば、「昭憲皇后」とすべきであると主張した枢密院議長山縣有朋の陰に、当時山縣から深い信頼を受けてゐた森鷗外を始めとする民間の碩学と東京・京都両帝国大学の教授達が居り、他方「皇太后」でよろしい、第一広く世間に御謚号を内閣告示として発表してしまつた後で今更の変更はできない、と抵抗する床次竹次郎内務大臣と中村雄二郎宮内大臣等の官僚が居り、両者の間の険しい対立といふ形になつたのです。世間には知られぬ厚い帷の中での緊迫した論争が取交され、遂に時の内閣総理大臣原敬が両者間の調停に乗り出し、告示の変更はしない、従つて御祭神の称号は既発表の通り昭憲皇太后である、但し昭憲皇后とお呼びするも違例とはしない、といふ苦しい妥協案が成立しました。

爾来御祭神の御称号は九十年に近い歳月、当時の内閣告示のままになつてをりますが、二柱の御祭神が天皇と皇太后といふのでは、天皇が母后と竝んで祭祀せられてゐる様な違和感を否めない、といふ御老大も現在にもかなり居られるのです。そこで本書（筆者註―『和歌に見る日本の心』）では、九十年前の原敬首相の公布した解釈に根拠を求め、神功皇后・光明皇后等の古例に則つて昭憲皇后とお呼びすることにいたします。因みに、崩御迄皇太后であつても御諡号奉告の際には皇后にもどす、といふのはこの時も学説としては正しいといふのが公定の認識でした。ですから政府はこの時の失敗に懲りて、貞明皇后、香淳皇后の場合は正しく皇后として御追号申し上げてゐるのだと思はれます。

なほ、筆者は前述の如く小堀先生の御見解に賛意を表するものであるが、大正天皇、貞明皇后におかせられては『大正天皇実録』に見られるやうに、当時の内閣告示の通り「昭憲皇太后」とお呼び遊ばされたであらうと拝察申し上げて、本書竝に前著『天地十分春風吹き満つ』の中では「昭憲皇太后」とした。

夏日即事

石竹花開慰我心
幽庭軽雨緑苔深
早朝梳髮暫閒坐

夏日即事

石竹花開キ我ガ心ヲ慰メ
幽庭軽雨緑苔深シ
早朝髪ヲ梳ヅリ暫ク閒坐スレバ

聴得黄梅摽地音　　聴キ得タリ黄梅《くわうばい》地ニ摽《お》ツル音

〔**語釈**〕石竹―撫子科の多年草。唐撫子《からなでしこ》の名があるやうに支那原産。高さ一尺程度で、初夏の頃、枝先に紅や白色等の五弁の花を咲かせる。幽庭―静かな庭。軽雨―小雨。閒―しづか。閑。黄梅―黄色に熟した梅の実。摽―草木が枯れ落ちる。「摽梅《へうばい》―梅の実が熟し過ぎて落ちる」の熟語がある。

〔**意訳**〕石竹の花が開き私の心を慰めてくれ、静かなたたずまひの庭は小雨に濡れて苔も一際緑濃くなりました。早朝髪を整へながら暫く閒《しづ》かに坐つてゐましたら、黄色に熟した梅の実が地面に摽ちる音が聞えました。

〔**参考**〕この御作も六月とある。『天地十分春風吹き満つ』の大正三年の御製詩「園中即事」を併せ読まれたい。

同じ頃、大正天皇も亦、梅に関する御製もお詠みあそばされました。

御製

行路鶯

梅林たづねてたどる道にしてきくもうれしき鶯の声

野梅

今日もまた梅の林をたづねけり沼津の野辺のそぞろありきに

駒なべてのべの細道行くほどに梅の林にいるぞうれしき

なべて―並《なら》べて。「並《な》めて」に同じ。万葉集巻十七大伴家持の歌に「馬並めていざうち行かな―馬を並べてさあ行かう云々」の歌がある。

駐春閣にて

吹上の庭にはいまだ消えのこる雪もみゆるを梅のにほへる

駐春閣―吹上御苑内に在つた和風二階建の建物。昭和二十年戦災により焼失。

宇治採茶圖

一望茶園綠作叢
唱歌兒女摘芽同
茶稱宇治流傳久
遠路運輸西又東

宇治採茶ノ図

一望ノ茶園緑叢ヲ作《な》ス
唱歌ノ児女芽ヲ摘ムコト同ジ
茶ハ宇治ヲ称ス流伝《りうでん》久シ
遠路運輸ス西又東

〔**語釈**〕 一望―見渡す限り。 流伝―広く世間に伝はる。

〔**意訳**〕見渡す限りの茶園には緑のお茶が生ひ茂り、乙女達は歌をうたひながら一斉に茶摘に精を出してゐます。茶と言へば「宇治」と広く世間に伝はつて、遠く国の隅々にまでも運ばれてゐるのです。

〔**参考**〕これ以降の御詩には御作の月日の記載が見られない。

『天地十分春風吹き満つ』の大正四年の部に全く同じ題の御製詩が載る。その内容からして同一の絵を御覧になつての御作と拝察仕る。参考までに御製詩を掲げて置かう。

宇治田園緑葉新
羅裙纖手采茶人
鳳凰堂畔歌聲緩
一様東風四野春

宇治ノ田園緑葉新ナリ
羅裙繊手《らくんせんしゅ》茶ヲ采《と》ルノ人
鳳凰堂畔歌声《かせい》緩《くわん》ナリ
一様ノ東風四野ノ春

語釈、意訳は『天地十分春風吹き満つ』を参照されたい。

黒髪山

清流㶁㶁翠微間

黒髪山

清流㶁㶁《くわくくわく》タリ翠微《すゐび》ノ間《あひだ》

早暁無人客舎閒
黒髪山端残月白
淡烟缺處露雲鬟

早暁人無ク客舎閒《しづか》ナリ
黒髪山端残月白シ
淡烟缺ク処雲鬟《うんくわん》露《あらは》ル

〔語釈〕黒髪山―栃木県日光市にある男体山の異称。他に二荒山、国神山、日光富士の称もある。日光山の主峰。標高二千四百八十四メートル。『天地十分春風吹き満つ』の大正四年の部「晃山所見」も併せ読まれたい。瀧瀧―流れる水の音。翠微―淡い縹色（薄い藍色）の山気（山に立ち込める靄）。客舎―旅の宿。此処は日光田母沢御用邸のこと。両陛下はこの年七月二十四日から翌月十五日迄の間、同所に駐蹕遊ばされた。残月―夜が明けても猶空にかかる月。有明の月。雲鬟―遠くに鬟《みづら》（丸く束ねた髪型）。山の姿の形容）のやうに見える山。露る―自づから見えてくる。

〔意訳〕淡い縹色の山気に包まれた黒髪山の山間《やまあひ》から清流の音が聞えて来ます。まだ朝も早く、人《ひと》気《け》の無い御用邸は実に閑静です。黒髪山の山の端には有明の月が白くかかり、薄い雲の切れ間の遠くには、美しい山容が自づから見えて来ました。

〔参考〕起句、承句の「間」「閒」は奉呈本に明瞭に書き分けてあり、研志堂漢学会本も之に倣つてある。その字義の相違に就いては意訳に依り御理解頂けると思ふが、『天地十分春風吹き満つ』の明治三十三年の部「夏日遊嵐山」をも参照願ひたい。

前述の如く稿本には御作の月日の記録は見られないものの、筆者は『大正天皇実録』に依拠して七月二十四日から翌月十五日迄の間、日光田母沢御用邸に駐蹕遊ばされた折の御作とした。なほ、この間に七月二十八日に第一次世界大戦が勃発、八月十五日還御後、天皇は御前会議に臨御「帝国ガ日英同盟協約ニ従ヒ、極東ノ平和ヲ永遠ニ確保セシムル為メニ必要ナル措置ヲ執ルニ決セシメ」(『大正天皇実録』)給ひ、ドイツに対して最後通牒を発し、その回答期限八月二十三日正午に至るも回答無く、同日、対独宣戦布告が為された。

讀三島中洲詩有感　三島中洲ノ詩ヲ読ミテ感有リ

偶讀其詩如見師　偶《たま》マ其ノ詩ヲ読ミテ師ニ見《まみ》ユルガ如シ
敎言懇切憶當時　教言《けうげん》懇切当時ヲ憶フ
靜繙書卷南窗下　静カニ書巻ヲ繙ク南窓ノ下
螢火飛來照繡帷　蛍火飛ビ来リテ繡帷《しうゐ》ヲ照ス

〔語釈〕三島中洲―既出。　見―まみえる(お目にかかる)。視覚的な意味の「見る」ではない。　教言―御高説。　繡帷―縫ひとりのある垂れ絹。

〔意訳〕偶ま三島中洲の詩を読みましたが、まるで師にお会ひしたやうな感がしました。南の窓の下に、静かに本を読んでゐると、窓にかかる縫ひとりのある垂れ絹に蛍が飛んで来ます。こんな時には、あの御高説の懇切であつた当時が思ひ出されます。

〔参考〕三島中洲詩とは「山村」と題された詩である。稿本には「読三島中洲山村詩有感而作」との題で二首の御作が載り、その二首目の「又」とされてゐる御作が「読三島中洲詩有感」の題で『貞明皇后御歌集』に採録されてゐるのである。

叢書日本の思想家『山田方谷・三島中洲』（三島中洲の部は石川梅次郎著、昭和五十二年、明徳出版社）の「著作目録（抄）」に依れば、三島中洲の漢詩に関する著作は①〈『中洲詩稿』既刊二冊。伊勢遊学以後大正元年に至るまでの、未刊詩稿について選定したもの。〉②〈『問津稿』既刊二冊。嘉永五年から安政二年までの、津藩遊学中の詩文稿。〉③〈『虎渓存稿』既刊一冊。文久元年から明治五年までの詩稿。〉④〈『鎮西観風録』既刊（二松学友会誌附録）二冊。文久二年十月から三年二月まで、藩命を以て鎮西諸藩の内情を探つた折の詩稿。〉〈『霞浦遊藻』既刊一冊。明治六年から八年までの、常州新治における官暇の詩文稿。〉⑤〈『小図南録』既刊一冊。明治十六年、上総に遊んだ際の詩稿。〉⑥〈『南総応酬詩録』既刊一冊。明治十九年、南総に遊んだ際の詩稿。〉⑦〈『絵原村荘集』既刊一冊。絵原村荘における詩文稿で、大正三年以後の作に係る。〉、以上の七種である。なほ、同書には、三島中洲の著述は約七十五種で、その中、既刊は四十三種で、未刊のものは二松学舎大学の図書館に所蔵されてゐると言ふ。

右の「著作目録（抄）」には既刊本の刊行年が記されてゐないが、漢詩の本の最初にある「中洲詩稿」は大正十一年六月十五日二松学舎より発行されてゐる。これらの著作の中②④⑦以外は国会図書館に所蔵されてをり、筆者は披見し得たが、その中には「山村」と題された詩は無い。なほ、大正二年の御詩に見える三島中洲の作とされる「読乃木大将惜花和歌有感」も見当たらなかつた。富山県立図書館のお手を煩はしたが②④⑦は二松学舎大学の図書館も含めて全国何処の図書館にも無いやうである。

跋

「大正」の御代は小生が生きた時代ではありませんが「兩親が生まれ育つた懐しい御代」として心に刻まれてをります。皇室を輕んじ奉る事と民主主義とが恰も同義であるかの如く吹聴された戰後の風潮。そのやうな中で流された、大正天皇に對し奉る蜚語は殊に憤ろしき戰後的病弊の一つでありました。敢て私事に亙りますが、小生は其のやうな風潮とは全く逆の庭訓の許に育てられた事に無上の誇りと喜びの念とを抱いてゐるのです。

今は亡き大先輩尾田博清氏は滿洲開拓義勇隊に志願。シベリア抑留の辛酸を嘗め、なほ一貫不惑。歸還後も越中は礪波の一隅に在つて天下を睥睨、草莽盡忠の道を實踐躬行された方でした。その大先輩は嘗て「今の世の泰平何ぞ諾はん吾がみいくさのなほつゞくなり」とお詠みになりました。小生は此の一首を時に心に誦しつゝ、拜金、虚飾の世に背を向けて生きてまゐりました。而して天誅斬奸の一劍空しく長蛇を逸しての後は、文章報國も亦御奉公の道に他ならずと、昨年は辱知諸彥の義捐を得て『天地十分春風吹き滿つ――大正天皇御製詩拜読』を上梓するを得ました。その編纂の過程に於いて改めて貞明皇后の御歌、御詩をも拜讀。管見に依れば『貞明皇后御集』の一般向けの普及書としては御歌には御歌集が一冊、御詩には皆無である事を知り、斯くてはならじと微力をも顧ず此の度は貞明皇后の御歌、御詩を拜讀、以てその御坤徳を仰ぎ奉らんとの本書を謹んで編纂申し上げた次第です。前回もさうでしたが此の度も亦、小生如きものが恐れ多い、との思ひが常に念頭に去來して已みませんでした。そんな小生の文へは「繼闕」唯その一語のみ。

畏友富山縣護國神社宮司栂野守雄兄には萬般に亙り重ねて正に筆舌盡し難い御高配に與りました。栂野兄の物心兩面に亙る力添へなかりせば本書が世に出る事はなかつたでせう。そして前回同様錦正社中藤政文社長、吉野史門氏にも親身の御世話に相成りました。特に記して感謝の微衷を表します。

庶幾くは、大正聖代乾坤の御徳をなべての民草が仰ぎ奉る世とならんことを。

平成十九年中秋の名月の宵

草莽微臣
西川泰彦謹識

《参考史資料一覧》

参考とした史資料に就いては、一つの史資料にのみに拠つた処は当該箇所にその史資料名を記したが、念の為此処にも挙げておく。但し公刊されてゐない『大正天皇実録』と稿本類、並びに「㈢　貞明皇后の御歌竝に御詩に関する国民の知識」の項にて触れた各種出版物等は除いた。（順不同）。

明治天皇紀（宮内庁書陵部編）　吉川弘文館
靖國神社忠魂史（靖國神社編）　靖國神社社務所
中洲詩稿（三島　桂編）　二松学舎
和歌に見る日本の心（小堀桂一郎著）　明成社
日本偉人伝（菊池寛編）　文藝春秋社
皇后さまの御親蚕　扶桑社
影山正治全集（影山正治著）　影山正治全集刊行会

何種類かの史資料を合せて参照、取捨選択して註記した箇所には史資料名を挙げなかつたが、それは次のものである。（順不同）

大漢和辞典（諸橋轍次著）　大修館書店
漢和中辞典（貝塚茂樹、藤野岩友、小野忍共編）　角川書店
日本国語大辞典　小学館
大辞林（松村明編）　三省堂
古語大辞典（中田祝夫編監修）　同右

大言海（大槻文彦著）　冨山房
神典　大倉精神文化研究所
神道事典（國學院大學日本文化研究所編）　弘文堂
神道大辞典　臨川書店
日本神祇由来事典（川口謙二編著）　柏書房
大日本神名辞書（梅田義彦編著）　堀書店
皇室の祭祀（鎌田純一著）　神社本庁研修所
国史大辞典（含「日本史総合年表」）　吉川弘文館
読史備要（東京大学史料編纂所編）　講談社
みことのり（森清人謹撰）　錦正社
増補皇室事典（井原頼明著）　冨山房
類纂新輯明治天皇御集　明治神宮
大正天皇御集　おほみやびうた　邑心文庫
大正天皇御集　大正天皇御集刊行会
明治天皇さま（明治神宮編）　明治神宮
昭憲皇太后さま（明治神宮編）　同右
歴史百科　日本皇室事典　新人物往来社
別冊歴史読本　歴代天皇百二十四代　同右
万葉集注釈（澤瀉久孝著）　中央公論社
新潮日本古典集成　新潮社

日本古典文学大系　岩波書店
和歌文学大系　明治書院
歌枕歌ことば辞典増訂版（片桐洋一著）　笠間書院
紀元節奉祝会小史　紀元節奉祝会
最新日本史　明成社
明治三十七八年海戦史（軍令部編）　内閣印刷局朝陽会
日露戦争〔近現代史編纂会編著〕　日本文芸社
天皇と日本史（阿部正路著）　同右
宮中賢所物語（高倉朝子著）　ビジネス社
御所ことば・新装版（井之口有一、堀井令以知共編）　雄山閣
宮中歳時記（入江相政編）　TBSブリタニカ
佐久間艇長の遺書　同右
佐久間艇長の遺書と現代（藤本仁著）　九嶺書房焼山店
史実で見る日本の正気（黒岩棠舟著）　錦正社
コンサイス日本地名事典　三省堂
人物物故大年表　日外アソシエーツ
日本近現代人名辞典　吉川弘文館
近代史必携（吉川弘文館編集部編）　同右
実語教童子教註解（筆者編著）　私家版
フリー百科事典ウィキペディア　電網検索

《著者略歴》西川　泰彦（にしかわ　やすひこ）

昭和十九年十二月二十日樺太大泊に生る。二十年八月十四日母に背負はれ引揚。母は筆者を背負ひ、筆者の二人の姉の手を引き、十五日に稚内港にて終戦の玉音放送を拝聴したる由。両親の出身地富山県に帰る。九月末父も樺太より復員。昭和三十八年県立伏木高等学校卒業。國學院大學文学部文学科入学、漢文を専攻、藤野岩友教授の指導を受く。在学中に「昭和維新と新国学」の運動を唱道する影山正治先生を知り、その教へに傾倒。「漢心《からごころ》」を去り「真心《やまとごころ》」に立ち返らばやと大学を中退、影山先生の門下生となる。その間に國學院大學の神道講習を受講、神職資格を取得。帰省後昭和四十六年高岡市古城鎮座の射水神社権禰宜を拝命。平成十年思ふ処あり、拙を守り園田に帰るべく同神社を退職、浪人となり現在に至る。高岡市五十里一六二六番地在住。

主たる編著書　「歌集北天抄（尾田博清シベリア幽囚詠草）」（昭和五十六年）。「富山縣の今上陛下御製碑（昭和天皇御在位六十年奉祝出版）」（昭和六十一年）。「自選歌集破れ太鼓」（平成二年）。「富山県立近代美術館、同県立図書館の不敬行為について―第三巻」（平成四年）。「櫻之舎川田貞一歌集」（平成十一年）。「遺芳録―富山縣護國神社創建九十周年記念」（平成十三年）。「天地十分春風吹き満つ―大正天皇御製詩拝読」（平成十八年）。

名誉職　富山縣護國神社遺芳館研究員。太刀ケ嶺歌會主宰。神通歌会講師。劔乃會代表幹事。

貞明皇后《ていめいこうごう》　その御歌《おんうた》と御詩《おんし》の世界《せかい》

――『貞明皇后御集《ていめいこうごうぎょしゅう》』拝読《はいどく》――

平成十九年十月　十九日　印刷
平成十九年十月三十一日　発行

※定価はカバー等に表示してあります

著者　西川泰彦
装幀者　吉野史門
発行者　富山縣護國神社宮司　栂野守雄
発行所　錦正社
〒一六二―〇〇四一
東京都新宿区早稲田鶴巻町五四四―六
電話　〇三（五二六一）二八九一
FAX　〇三（五二六一）二八九二
振替　〇〇一三〇―四―一三六五三五
URL　http://www.kinseisha.jp/
印刷　株式会社平河工業社
製本　株式会社ブロケード

ISBN978-4-7646-0279-3